MW00895491

Fábulas

Esopo, Iriarte y Samaniego

PANAMERICANA

EDITORIAL

Editor
Panamericana Editorial Ltda.

Dirección editorial
Conrado Zuluaga

Edición
Gabriel Silva Rincón

Ilustración de carátula
Jairo Linares Landínez

Ilustraciones interiores
Angela M. Ramírez Franco
Enrique Samper Vargas

Diseño de carátula
Diego Martínez Celis

Decimacuarta reimpresión, octubre de 2009
Primera edición en Panamericana Editorial Ltda., febrero de 1996

© Panamericana Editorial Ltda.
Calle 12 No. 34-30, Tels.: (57 1) 3603077 - 2770100
Fax: (57 1) 2373805
www.panamericanaeditorial.com
Bogotá D. C., Colombia

ISBN 978-958-30-0169-7

Impreso por Panamericana Formas e Impresos S. A.
Calle 65 No. 95-28, Tels.: (57 1) 4302110 - 4300355, Fax: (57 1) 2763008
Bogotá D. C., Colombia
Quien sólo actúa como impresor.

Impreso en Colombia   Printed in Colombia

Tabla de contenido

Esopo

Iriarte

Samaniego

PRÓLOGO

A lo largo de toda la historia se han dado diversas definiciones de la palabra *fábula*. En latín, este término tiene el significado de "rumores o conversaciones de la gente del vulgo". El término está también relacionado con otra palabra latina, *fablar*, que significa *hablar*, que con el paso del tiempo se empezó a utilizar para denominar una composición literaria de características particulares.

Algunos escritores latinos que vivieron en el siglo I a.C. daban el nombre de fábulas a los poemas épicos y a los dramas, pues consideraban que donde hubiera algún tipo de transformación poética podía hablarse de fábula. También un gran filósofo griego llamado Aristóteles, que vivió del 384 a.C. al 322 a.C., decía que había fábula cuando en una tragedia, comedia o poema épico se presentaba la acción. La definición que ellos hacían de este término era, pues, muy diferente de la que hoy conocemos.

Ya en el siglo XVIII aparece una definición de fábula más parecida a aquella de la cual queremos referirnos aquí. Se definía la fábula como una composición literaria –cuento, narraciones o poemas– que trataban sobre un tema inventado cuya finalidad era deleitar; las fábulas podían tener enseñanza o no tenerla. Existía pues una división: las fábulas *apólogas* (cuya finalidad era enseñar alguna cosa) y las fábulas *milesias* (que no tenían el propósito de enseñar).

La primera clase de fábula también recibe el nombre de *apólogo*. La raíz de la palabra es griega (*apologos*) y significa cuento, fábula, relato detallado. Félix María Samaniego utiliza en el prólogo a sus fábulas completas ambas palabras por igual; no hace ninguna distinción específica entre fábula y apólogo.

En general podemos decir que la fábula es una composición literaria en forma de cuento corto o de poesía, que sirve para deleitar al lector o al oyente y que intenta enseñar una verdad moral llamada *moraleja*. La moraleja no siempre va escrita, pues el lector puede inferirla por sí mismo, por el contenido mismo de la fábula. Sin embargo, la mayoría de autores prefirieron dejarla por escrito. A veces las enseñanzas vienen presentadas de una manera humorística que puede provocar risa, sin que eso la convierta en una composición al estilo del chiste.

Los personajes que participan en la fábula son casi siempre animales que representan alguna característica humana. Por lo general se usan siempre los mismos animales para caracterizar una actitud o un rasgo determinados. Así, por ejemplo, el zorro suele personificar la astucia, pues siempre aparece como un ser taimado, es decir, astuto y malicioso. También sucede algo parecido con el cuervo, que personifica la desconfianza. La paloma, por el contrario, suele representar la bondad y la confianza. La hormiga es la caracterización del trabajo y la constancia. El cordero sirve para personificar la ingenuidad en tanto que el pavo encarna la vanidad. Generalmente los animales que se usan como personajes tienen la facultad de hablar. En las fábulas también participan los seres humanos como personajes.

Por lo general se busca que las fábulas sirvan para mostrar el efecto negativo de determinada característica humana. El tema de cada fábula es uno solo, es decir, trata de una sola característica a la vez. La fábula no tiene que ser necesariamente en verso, si bien es cierto que los dos fabulistas españoles más conocidos (y que hemos incluido en esta selección) las hicieron en forma de verso.

Los orígenes más remotos de las fábulas se encuentran en Oriente, en la India. Las antiguas fábulas indias están escritas en prosa, pero intercalan algunas estrofas en verso, en las cuales se encuentra la sentencia o moraleja. Los budistas, para quienes las enseñanzas en forma de cuento tienen un gran atractivo, contribuyeron a la difusión de los apólogos.

El *Pantchatantra* es el libro de apólogos más antiguo y es originario de la India. Se cree que fue escrito durante los siglos II y VI, pero se considera que las raíces populares que le dieron origen son muchísimo más antiguas.

En Grecia también sobresale la fábula en la figura de Esopo, cuya existencia a veces parece dudosa, pues alrededor de su vida se han tejido infinidad de historias y anécdotas que se contradicen entre sí. Heródoto, un famoso historiador de la antigüedad, es la primera fuente escrita sobre Esopo; dice que el fabulista vivió entre el 570 y el 526 a.C. Se sabe con toda seguridad que Esopo nació esclavo y que su amo le concedió más tarde la libertad, después de haberle dado maestros y haberlo puesto en contacto con gentes cultas de su tiempo. En esa época, Grecia era una gran potencia, centro de la cultura y la civilización.

Muchos de los temas tratados por el fabulista griego fueron retomados por otros autores que vendrían después: Fedro (fabulista latino que vivió en el siglo I), La Fontaine (francés, 1621-1695); y los fabulistas españoles Tomás de Iriarte (1750-1791) y Félix María Samaniego (1745-1801).

Como características particulares de estos autores españoles podemos citar, para Iriarte, que su principal inclinación fue la de usar la fábula (que al igual que Samaniego, siempre escribió en verso) para enseñar preceptos literarios. Samaniego, por su parte, retomó muchos de los temas de Esopo y los reescribió bellamente en versos castellanos.

En la actualidad ningún autor se ha destacado especialmente por la escritura de fábulas. Puede decirse que el género de la fábula llegó hasta un punto a partir del cual ya no hubo muchos avances significativos. Sin embargo, se reconoce la enorme importancia de la fábula. Esopo, hombre sabio e inteligente, presentaba sus profundas enseñanzas de una manera tal que aún hoy en día siguen teniendo la vigencia que siempre las caracterizó, y que probablemente seguirán teniendo durante mucho tiempo.

María Mercedes Correa D.

Esopo

El pastorcito mentiroso

n día el joven pastor gritaba por el campo vecino:

–¡Al lobo! ¡Al lobo! –gritaba desesperadamente agitando los brazos para llamar la atención de los hombres que trabajan allí–. ¡Un lobo está matando mis ovejas!

Pero todos se burlaron de él.

–¡Nos has engañado demasiadas veces! –dijo uno de ellos–. ¡No abandonaremos nuestro trabajo, esta vez, para perseguir a tus lobos de mentiras.

–¡No! ¡No! –gritó implorante el pastor–. ¡Créanme por favor. ¡Esta vez, el lobo ha venido de verdad!

–Es lo que nos dijiste la última vez. También entonces aseguraste que estaba realmente allí –le recordaron los hombres, con buen humor–. Vete ahora a cuidar de tus ovejas. ¡No conseguirás engañarnos de nuevo!

Por desgracia, esta vez el pobre pastorcito decía la verdad. El lobo había llegado y estaba matando a las indefensas ovejas, una por una. Éstas balaban de un modo lastimero, como si pidieran a su amo que las salvara.

Pero el pastor nada podía hacer solo, y aquellos hombres no querían creerle. Impresionado y dolorido porque no había podido conseguir ayuda para su rebaño, el pastorcito atravesó con lentitud los campos, hacia el triste espectáculo de sus ovejas muertas.

Había mentido tantas veces, sin necesidad, que cuando dijo la verdad, nadie le creyó. Y tuvo que sufrir las consecuencias.

La gente que dice tantas mentiras pierde la crebilidad ante los demás.

El grajo vanidoso

n un claro del bosque, un viejo grajo se había cubierto con el hermoso plumaje de un pavo real y se pavoneaba para que lo vieran los demás grajos. En realidad, su aspecto era muy estúpido, porque sus propias plumas negras se distinguían debajo de su atavío. Pero se paseaba con ostentación y hacía burla de sus amigos, que lo observaban. El vanidoso pájaro hasta picoteó a uno o dos de ellos que se atrevieron a acercársele demasiado.

–¡Engreído! –le gritaron los demás, y huyeron al bosque.

Convencido de que ahora era tan bello como el pavo real, el necio grajo se acercó lentamente a un grupo de estos animales, que se soleaban. Fingió ser uno de ellos y agitó una pata en ademán de saludo. Pero los pavos reales no se dejaron engañar. Vieron sus plumas negras debajo del plumaje irisado, los irritó la audaz pretensión del grajo y con furia se lanzaron sobre él. Con fuertes chillidos, lo picotearon sin piedad hasta hacer trizas su bello atavío.

Abatido y desdichado, el grajo buscó a sus compañeros, para hallar consuelo. Pero éstos no quisieron saber nada de él.

—¡No trates de volver a nosotros! —le gritaron—. Has elegido. Ahora, afronta las consecuencias.

Y lo picotearon hasta que escapó.

El estúpido pájaro no tenía amigos hacia los cuales volverse. ¡Los que eran superiores a él lo menospreciaban por fingir ser lo que no era, y sus iguales lo rechazaban por haberlos menospreciado!

Hay que conformarse con la belleza propia
y no despreciar la de los demás.

La rana que quiso superar al buey

 l viejo buey, encerrado en la pradera, había pisado por casualidad a una de las pequeñas ranas, aplastándola bajo su pesado casco. Y los hermanos de la ranita corrieron despavoridos a la laguna, para contar a su madre la desgracia que había sucedido.

–¡Oh madre! ¡El buey era grande! –dijeron–. ¡Más grande que cualquier otra cosa que hayas visto!

–¿Así de grande? –preguntó la rana a sus pequeñuelos… y tomó aliento, retuvo el aire un instante y luego se hinchó como un gran globo.

Los redondos ojos de sus hijos se dilataron de asombro, pero dijeron:

–¡Más grande! ¡Más grande! ¡El buey era mucho mayor!

–¡No sería más grande que esto! –dijo mamá rana, mientras se hinchaba por segunda vez.

Esopo

—¡Mucho, mucho más grande! —exclamaron ellos a coro.

—¿Así de grande? —volvió a preguntar mamá rana... y se hinchó tanto que quedó amoratada por el esfuerzo.

—¡Sí, sí! ¡Más grande todavía! —asintieron los pequeños.

La vieja y estúpida rana, agraviada por sus respuestas, descansó un instante. Luego, tomando aliento profundamente de nuevo, se hinchó tanto que se oyó una repentina explosión, y la rana estalló como un globo.

—¡Oh Dios mío! —dijeron las ranitas, consternadas—. ¿Por qué habrá creído mamá que podía volverse del tamaño de un buey?

A veces el esfuerzo por tratar a los demás
es necio y perjudicial.

El ganso que ponía huevos de oro

a muchedumbre se apretujaba contra el puesto del vendedor de huevos en el pequeño mercado pueblerino. Los que estaban del lado exterior se esforzaban en abrirse paso a codazos hacia el centro, mientras que los del frente trataban de acercarse más al mostrador.

En muchos kilómetros a la redonda habían oído hablar del maravilloso ganso de plumas blancas que ponía huevos de oro y venían a ver aquello con sus propios ojos. Ahora, el hecho sucedía ante su vista, tal como lo habían descrito. Sobre el mostrador, reluciendo bajo el sol, yacía un hermoso huevo de oro.

Oprimieron su dinero con fuerza, en las manos calientes y sudorosas, y las elevaron sobre las cabezas de los que estaban delante, gritando que querían comprar un huevo. Pero el comerciante, desesperado ante aquella aglomeración de compradores, sólo podía proveer a un cliente por día.

Esopo

Los demás tenían que esperar. Porque un ganso sólo puede poner un huevo por día.

Como el codicioso mercader no estaba satisfecho de su asombrosa buena suerte y ansiaba más huevos, se le ocurrió de pronto una idea espléndida. ¡Mataría al ganso y así, en el interior del animal, hallaría todos los huevos de una vez! Entonces, no tendría que esperar para ser rico.

La multitud gritó excitada, cuando supo lo que se proponía hacer el mercader. Éste afiló cuidadosamente su cuchillo y lo hundió en la pechuga del pájaro. La gente contuvo el aliento, mientras miraba surgir la sangre, goteando entre las blancas plumas. Poco a poco, se esparció sobre el mostrador en una gran mancha roja.

–¡Ha matado a su ganso! –dijeron algunos.

–Sí –dijo sabiamente una vieja–. Y no habría podido cometer un error más grave. Ahora que el animal ha muerto, veréis que sólo es un ganso como cualquier otro. Y había dicho la verdad. Allí estaba aquel ganso, con el cuerpo bien abierto y sin un huevo dentro. Apenas servía para asarlo.

–Ha matado al ganso que ponía huevos de oro –dijo con tristeza un viejo agricultor.

La gente se apartó con disgusto del puesto y se alejó lentamente.

La ambición puede acabar con lo que tenemos en el momento.

El cascabel y el gato

esde hacía mucho tiempo, los ratones que vivían en la cocina del granjero no tenían qué comer. Cada vez que asomaban la cabeza fuera de la cueva, el enorme gato gris se abalanzaba sobre ellos.

Por fin, se sintieron demasiado asustados para aventurarse a salir, ni aun en busca de alimentos, y su situación se hizo lamentable. Estaban flaquísimos y con la piel colgándoles sobre las costillas. El hambre iba a acabar con ellos. Había que hacer algo. Y convocaron una conferencia para decidir qué harían.

Se pronunciaron muchos discursos, pero la mayoría de ellos sólo fueron lamentos y acusaciones contra el gato, en vez de ofrecer soluciones al problema. Por fin, uno de los ratones más jóvenes propuso un brillante plan.

—Colguemos un cascabel al cuello del gato —sugirió, meneando con excitación la cola—. Su

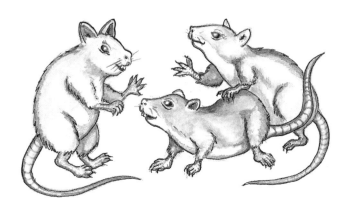

sonido delatará su presencia y nos dará tiempo de protegernos.

Los demás ratones vitorearon a su compañero, porque se trataba, a todas luces, de una idea excelente. Se sometió a votación y se decidió, por unanimidad, que eso sería lo que se haría. Pero cuando se hubo extinguido el estrépito de los aplausos, habló el más viejo de los ratones…, y por ser más viejo que todos los demás, sus opiniones se escuchaban siempre con respeto.

–El plan es excelente –dijo–. Y me enorgullece pensar que se le ha ocurrido a este joven amigo que está aquí presente.

Al oírlo, el ratón joven frunció la nariz y se rascó la oreja, con aire confuso.

–Pero... –continuó el ratón viejo–, ¿quién será el encargado de ponerle el cascabel al gato?

Al oír esto, los ratoncitos se quedaron repentinamente callados, muy callados, porque no podían contestar a aquella pregunta. Y corrieron de nuevo a sus cuevas... hambrientos y tristes.

Una idea no es tan buena si no hay quien la pueda poner en práctica.

La parte del león

ierto día, el león, cansado de cazar solo, invitó al oso y al zorro a acompañarlo. Era poco frecuente que el orgulloso rey de la selva invitara a sus súbditos a acompañarlo en una cacería, y el oso y el zorro se sintieron encantados y alabados. En realidad, las cosas no habrían podido marchar mejor... por algún tiempo.

Su suerte fue tan buena que, antes del anochecer, habían atrapado varios conejos, dos cabras y un ciervo.

El león eligió para acampar un sitio próximo a su cueva y, pasándose la lengua por las quijadas, encargó al oso que repartiera sus presas.

El bien dispuesto y honrado oso hizo de inmediato lo que le había ordenado el león. En realidad estaba tan atareado dividiendo lo cazado en tres partes iguales, y lo hacía con tanto cuidado, que no miró en dirección al león. Y fue una lástima, porque el león escarbaba el

suelo meneando la cola y enojándose cada vez más. Por fin, cuando el oso iba a terminar su tarea, el león le saltó encima, con un rugido, y lo despedazó. Después, más hambriento que nunca, miró con aire impaciente al zorro, que había estado contemplando la escena.

–Ahora, veamos si sabes dividir las cosas de manera más razonable –ordenó–. Y hazlo con rapidez.

En silencio, el zorro puso manos a la obra. En un abrir y cerrar de ojos, puso todas las presas que habían matado, incluso al oso muerto, en una enorme pila. Para él, sólo se reservó un conejo pequeño.

El león hizo con su maciza cabeza un ademán de aprobación.

La parte del león

–Así concibo yo una división justa –dijo–. Eres un animal con sentido común.

Cuando el zorro se disponía a abandonar el campamento con su raquítico conejo –porque había resuelto de pronto comérselo a solas–, el león volvió a hablarle.

–Amigo zorro –preguntó–. ¿Quién te enseñó a dividir las cosas tan bien?

–Lo poco que sé, acabo de aprenderlo de mi difunto amigo el oso –respondió el zorro.

A veces es bueno aprender lecciones con las experiencias desagradables de los demás.

La cabra y el zorro

urante cerca de una hora, el zorro había estado tratando de escapar del fondo de un viejo pozo. El agua estaba baja, y el estúpido animal, al inclinarse para beber, había caído allí de cabeza. Y aunque sólo estaba parado en unos pocos centímetros de agua, el pozo era demasiado profundo para escalarlo de un salto.

Mientras descansaba un instante de sus esfuerzos por huir, el desesperado animal vio asomar por el borde del pozo la cabeza de una cabra, que miraba con curiosidad.

–¿Está fresca el agua? –preguntó la cabra.

Adivinando que su visitante no comprendía lo sucedido, el zorro decidió aprovechar esa oportunidad para escapar.

–¡Maravillosamente fresca! ¡Salta aquí abajo y bébela tú misma! –fue su cordial respuesta.

La cabra estaba sedienta después de retozar bajo el cálido sol estival. Y, sin pensarlo más, saltó al pozo. Entonces, el zorro, veloz como un pájaro, se encaramó sobre su lomo y trepó hasta salir de la cárcel.

La tonta cabra comprendió muy pronto que estaba prisionera y suplicó lastimeramente al zorro que la sacara de allí. Pero éste se limitó a reírse de su benefactora.

–¡Mira lo que haces antes de saltar! –se limitó a decir.

Y muy satisfecho de sí mismo, se internó en el bosque dando saltos de alegría.

Hay que desconfiar de aquellos que siempre buscan satisfacer sólo sus propias necesidades.

El sol y el viento

A buena altura sobre el bosque y ocultos detrás de la densa pantalla de las nubes, el sol y el viento seguían su discusión, que sostenían desde tiempo inmemorial, sobre cuál de ambos era más fuerte.

–¡Claro que lo soy yo! –insistió el sol–. Mis rayos son tan poderosos que puedo chamuscar la Tierra hasta reducirla a negra yesca reseca.

–Sí, pero yo puedo inflar mis mejillas y soplar hasta que se derrumben las montañas, se astillen las casas convirtiéndose en leña y se desarraiguen los grandes árboles del bosque.

–Pero yo puedo incendiar los bosques con el calor de mis rayos –dijo el sol.

–Y yo, hacer girar la vieja bola de la Tierra con un sólo soplo –insistió el viento.

Mientras estaban sentados disputando detrás de la nube, y cada uno de ellos hablaba vanidosamente de sus poderes, salió del bosque un granjero. Vestía un grueso abrigo de lana y tenía calado sobre las orejas un sombrero.

–¡Te diré lo que vamos a hacer! –dijo el sol–. El que pueda, de nosotros dos, arrancarle el abrigo de la espalda al granjero, habrá probado ser el más fuerte.

–¡Espléndido! –bramó el viento y tomó aliento e hinchó las mejillas como si fueran dos globos. Luego, sopló con fuerza..., y sopló..., y sopló. Los árboles del bosque se balancearon. Hasta el gran olmo se inclinó ante el viento, cuando éste lo golpeó sin piedad. El mar formó grandes crestas en sus ondas, y los animales del bosque se ocultaron de la terrible borrasca.

El granjero se levantó el cuello del abrigo, se lo ajustó más y siguió avanzando trabajosamente.

Sin aliento ya, el viento se rindió, desencantado. Luego, el sol asomó por detrás de la nube. Cuando vio la castigada tierra, navegó por el cielo y miró con rostro cordial y sonriente al bosque que estaba allá abajo.

Hubo una gran serenidad, y todos los animales salieron de sus escondites. La tortuga se arrastró sobre la roca que quemaba, y las ovejas se acurrucaron en la tierna hierba.

Esopo

El granjero alzó los ojos, vio el sonriente rostro del sol y, con un suspiro de alivio, se quitó el abrigo y siguió andando ágilmente.

—Ya lo ves —dijo el sol al viento—. A veces, la que vence es la dulzura.

Más vale maña que fuerza

Las ranas y su rey

ace mucho, muchísimo, muchísimo tiempo, en los días en que el mundo era joven aún, la laguna que existía junto al bosque estaba llena de centenares de ranitas.

Como se habían cansado de su vida en la plácida laguna y ansiaban nuevas diversiones, se reunieron en consejo. Y, ruidosamente, pidieron a Júpiter que les enviara un rey.

Como Júpiter sabía que eran unos animales estúpidos, sonrió al oír su petición y arrojó un leño a las plácidas aguas.

—Aquí tienen su rey —dijo.

El chapoteo hizo huir con terror, hacia las riberas, a centenares de ranas. Durante un día y una noche se ocultaron bajo las grandes hojas de las plantas acuáticas que flotaban en la superficie de la laguna y no quisieron acercarse ni a diez saltos de su flamante monarca.

Esopo

Por fin, la más audaz atisbó desde su escondite. Luego, se acercó cautelosamente y observó al rey. Las demás se aventuraron, también, a salir y nadaron con precaución alrededor del leño flotante.

—Es un rey ridículo —dijo con desdén una de las ranas.

Y cuando todas vieron que el leño nada hacía, ni para ayudarlas ni para causarles dificultades, empezaron a clamar de nuevo, de manera salvaje, para que les dieran otro rey.

Esta vez a Júpiter se le había acabado la paciencia.

—¿Quieren un rey con más vida? —preguntó, severo—. ¡Ahí lo tienen!

Y al cabo de un instante, llegó una enorme cigüeña, con una reluciente corona de oro, y comenzó a devorarlas.

*A veces es mejor tener un gobernante pasivo
que uno que sólo causa estragos.*

El lobo con piel de oveja

E l camino se extendía como cinta descolorida en la gris mañana y culminaba en la cumbre de la colina. Allí, colgado de una rama que pendía a baja altura, se hallaba un lobo muerto, con una cuerda bien ceñida al cuello. Habían envuelto el cadáver en una piel de oveja, de manera que el lobo parecía una gran oveja que pendía del árbol. Mientras el labrador araba el campo junto a la carretera, contemplaba con ira al lobo.

–¿Por qué has hecho eso? –preguntó el vecino del labrador al pasar junto a él, señalando al animal.

–¿Por qué hizo lo que hizo ese bribón? –replicó colérico el labrador–. Una de mis ovejas murió, y dejé la piel tirada en el campo. Ese sinvergüenza la encontró y se envolvió en ella, luego vino a mis campos de pastoreo y atrapó a dos de mis ovejas. Por suerte, yo necesitaba un poco de carne y cuando fui al redil maté a la primera oveja que encontré.

¡Pero, en vez de una oveja, me topé con ese canalla! Y ahora, está colgado ahí y bien que se lo tiene merecido.

–Tienes razón. Las trampas llevan en sí su castigo –replicó el amigo del labrador.

Las trampas tendidas por los avivatos
se convierten en su propio castigo.

El granjero y la cigüeña

E l sol llenaba el patio con el temprano resplandor matinal, suave y dorado, que se cernía sobre la vieja granja, y los árboles proyectaban largas sombras a través de los campos donde el trigo maduraba.

Se oyó un portazo, y el granjero salió de la casa. Descorrió el seguro de la cerca y penetró en el amplio patio. Luego, se acercó a grandes pasos a las redes que había colocado la víspera para atrapar a las grullas que se comían su trigo. Con sorpresa encontró a una cigüeña prendida en la red. Cuando lo vio llegar, el pájaro protestó ruidosamente.

–Soy inocente, buen granjero –alegó–. No soy una grulla y, además, no he tocado tu cereal. Sólo vine con esas aves y ahora me veo atrapada en tu red.

–Todo eso podrá ser muy cierto –respondió con tono severo el granjero–. Pero como ibas en compañía de los ladrones, tendrás que sufrir el castigo que a éstos corresponde.

Y después de estas palabras, sacó su cuchillo y degolló al pájaro.

Andar en malas compañías resulta muy perjudicial.

El molinero y su asno

l camino de polvo entraba y salía de los bosques, retorciéndose como una larga y enroscada serpiente, formando gibas sobre las colinas, estirándose en recta línea blanca sobre las llanuras y sumergiéndose en los valles, hasta llegar, finalmente, a la carretera que llevaba a la ciudad. Y por el camino, sorteando sus curvas y repentinos recodos, venían el molinero, su joven hijo y su retozón asno.

Detrás, a poca distancia, varios niños cantaban con alegría, mientras avanzaban dando cabriolas. Por fin, alcanzaron al molinero, y uno de ellos gritó en son de burla:

–¡Miren a esos tontos! ¡Caminan con tanto esfuerzo junto al asno, cuando podrían viajar en su lomo!

Y se alejaron corriendo, lanzándose como saltamontes camino abajo.

–Tienen razón, hijo mío –dijo el molinero–. En realidad, somos unos tontos.

Y alzó a su hijo y lo sentó sobre el lomo del asno. Luego, ambos siguieron trabajosamente por la carretera, áspera y calcinada por el sol. Al poco rato, un grupo de labradores dobló un recodo y se topó con los tres.

–¡Miren! –dijo uno de ellos, señalando al asno y al niño–. Los jóvenes de hoy no tienen la menor consideración por sus padres. Miren a ese robusto muchacho, cómodamente viajando sobre el asno, mientras su viejo padre va a pie.

Cuando los labradores siguieron su camino, el molinero detuvo el asno y dijo:

–Apéate, hijo. Tal vez tenga razón. Seré yo quien monte.

Subió al asno y así continuaron la marcha. Por el lado opuesto de la colina venía una vieja, que apretaba su chal contra los huesudos hombros.

–¿Cómo puedes dejar que tu fatigado niño corra detrás de ti, mientras tú cabalgas cómodamente? –gritó con desdén al molinero, al pasar.

Avergonzado, el molinero tomó a su hijo y lo sentó tras él, sobre las ancas del asno. Apenas habían recorrido unos pocos pasos, alcanzaron a un pequeño grupo de hombres.

–Se ve que el asno no les pertenece –dijo uno de éstos, con tono acusador–. De lo contrario, no le quebrarían así el lomo. ¡Pobre animal!

A esta altura, el molinero estaba un poco desconcertado, pero hizo bajar a su hijo, se apeó él mismo del asno y, atándole las patas, cargó al animal en hombros.

El pobre asno se retorcía incómodo, golpeando la espalda del molinero a cada paso.

Cuando cruzaban el puente, el asno se desprendió de su atadura y cayó al agua. Luego, nadó hasta la ribera y echó a correr por los campos. Tratando de complacer a todos, el molinero no había complacido ni siquiera a su asno.

No se puede complacer a todo el mundo a la vez

El zorro y el cuervo

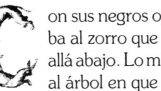on sus negros ojos, el cuervo observaba al zorro que se hallaba en el suelo, allá abajo. Lo miró saltar una y otra vez al árbol en que él estaba posado, chillando desaforadamente. Los demás cuervos graznaban alarmados, desde las ramas altas, hasta que aquel clamoreo llenó los aires. Pero el cuervo negro callaba, porque sujetaba con fuerza en su pico un gran trozo de queso amarillo.

Cuando el astuto zorro comprendió, por fin, que no podría alcanzar el queso del cuervo, trató de obtenerlo de algún otro modo.

–¡Mi querido, mi queridísimo cuervo! –le dijo suavemente–. ¡Oh beldad del bosque! ¡Tu fuerza es mayor que la del águila de anchas alas, tu vuelo tiene más gracia que el de la golondrina, tu reluciente plumaje negro brilla más que el del pavo real! ¡Lástima que, aunque tienes todos esos dones, la naturaleza se haya negado a darte una voz!

Los negros ojos del cuervo habían centellea-
do de alegría ante la adulación del zorro, pero
sus últimas palabras lo irritaron. ¿Qué quería
decir al afirmar que no tenía voz?

–Quizá esto último sea falso –dijo el zorro en
tono amistoso–. Puede ser que el envidioso ruiseñor haya difundido esa mentira para desterrar
del bosque la única voz que puede superar a la
suya en belleza. Ojalá quisieras cantar, aunque
sólo fuese unas pocas notas, hermoso cuervo,
que me permitieran oír la música de tu canción.

E hizo chasquear sus labios, como un antici-
po del deleite que iba a sentir.

La exhortación del taimado zorro resultó demasiado fuerte para la vanidad del cuervo.

Graznó sonoramente, el trozo de queso se le cayó del pico, y el zorro lo atrapó y se fue con él.

–Si tu sentido común hubiese sido la mitad de tu vanidad, tendrías aún tu queso –dijo el viejo cuervo negro que encabezaba la bandada.

Y graznó, disgustado, levantando el vuelo.

Las alabanzas y las adulaciones son peligrosas pues nos hacen perder la capacidad para razonar adecuadamente.

El tesoro oculto

n el aire se sentía la densa fragancia de las uvas, y las hileras de racimos colgaban pesadamente bajo las atestadas ramas. Era un viñedo espléndido y muy bien cuidado. Las uvas, redondas y púrpuras, reventaban de maduras.

–¿Cómo hacen para obtener uvas tan espléndidas? –preguntó el granjero del valle próximo, a los tres hermanos que las cuidaban.

El mayor descansó un instante sobre su azadón y respondió:

–Cuando nuestro padre yacía en su lecho de muerte, nos llamó a su lado y nos dijo que el viñedo nos pertenecía a los tres. Y nos encargó que trabajásemos sin descanso, para encontrar un valioso tesoro enterrado en el suelo, alrededor de las vides.

–Durante algún tiempo, trabajamos día y noche con las azadas, hasta revolver toda la superficie de la granja –intervino el segundo hermano.

—Y no tardamos en notar que nuestras vides, que al principio habían sido bajas y enfermizas, se volvían cada día más fuertes y su fruto más dulce.

—¡Ya lo veo! —exclamó el granjero—. El delicioso fruto que obtienen ahora es el tesoro oculto. En verdad, la laboriosidad misma es un tesoro. Y se inclinó sobre la verja, para arrancar uno de los tentadores racimos que se ofrecían generosos.

El tesoro más valioso consiste en trabajar con dedicación.

La cigarra y la hormiga

l invierno sería largo y frío. Nadie sabía mejor que la hormiga lo mucho que se había afanado durante todo el otoño, acarreando arena y trozos de ramitas de aquí y de allá.

Había excavado dos dormitorios y una cocina muy elegantes para que le sirvieran de casa y, desde luego, almacenado suficiente alimento para que le durase hasta la primavera. Era, probablemente, el trabajador más activo de los once hormigueros que constituían la vecindad.

Se dedicaba aún con ahínco a esa tarea cuando, en las últimas horas de una tarde de otoño, una congelada cigarra, que parecía morirse de hambre, se acercó cojeando y pidió un bocado. Estaba tan flaca y débil que, desde hacía varios días, sólo podía dar saltos de un par de centímetros. La hormiga a duras penas logró oír su trémula voz.

–¡Habla! –dijo la hormiga–. ¿No ves que estoy ocupada? Hoy sólo he trabajado quince horas y no tengo tiempo que perder.

Escupió sobre sus patas delanteras, se las restregó y alzó un grano de trigo que pesaba el doble que ella. Luego, mientras la cigarra se recostaba débilmente contra una hoja seca, la hormiga se fue de prisa con su carga. Pero volvió en un abrir y cerrar de ojos.

–¿Qué dijiste? –preguntó nuevamente, tirando de otra carga–. Habla más fuerte.

–Dije que... ¡Dame cualquier cosa que te sobre! –rogó la cigarra–. Un bocado de trigo, un poquito de cebada. Me muero de hambre.

Esta vez la hormiga cesó en su tarea y, descansando por un momento, se secó el sudor que le caía de la frente.

–¿Qué hiciste durante todo el verano, mientras yo trabajaba? –preguntó.

–Oh... No vayas a creer ni por un momento que estuve ociosa –dijo la cigarra, tosiendo–. Estuve cantando sin cesar. ¡Todos los días!

La hormiga se lanzó como una flecha hacia otro grano de trigo y se lo cargó al hombro.

–Conque cantaste todo el verano –repitió–. ¿Sabes qué puedes hacer?

Esopo

Los consumidos ojos de la cigarra se ilumina-
ron.

–No –dijo, con aire esperanzado–. ¿Qué?

–Por lo que a mí se refiere, puedes bailar todo
el invierno –replicó la hormiga.

Y se fue hacia el hormiguero más próximo…
a llevar otra carga.

*Hay que ser previsivos y trabajar para tener un buen
futuro.*

La alondra y sus polluelos

na alondra tenía el nido en un trigal. Una mañana, antes de salir en busca de comida para sus hijitos, les recomendó que estuviesen alerta a todo lo que el labrador, dueño de aquellos campos, dijese y se lo contasen a su vuelta.

Cuando la madre regresó al nido, le refirieron sus pequeñuelos que el labrador había pasado por allí con su hijo, y que ambos habían determinado llamar a los vecinos para que les ayudaran en la siega del trigo.

–Entonces –se dijo la alondra madre– todavía no hay ningún peligro.

Al día siguiente le contaron las alondrillas que había vuelto a pasar por allí el labrador, y había dicho a su hijo que fuese a llamar a sus primos para que le ayudasen a segar la mies.

Al oír esto, nuevamente pensó la alondra madre que el peligro no era aún inminente. Al tercer día, dijeron los pajarillos a su madre que habían oído asegurar al labrador que él mismo iba a segar el campo.

–¡Ah! ¿sí? –les contestó la prudente alondra–; entonces ha llegado la hora de que nos vayamos de aquí. Ya sabía yo que ni los vecinos ni los primos del labrador le ayudarían en la tarea; pero si es él mismo quien va a segar el trigal, no nos queda otro remedio que mudarnos en seguida a otro campo.

Más vale hacer por sí mismo lo que se necesita.

El zorro y la cigüeña

 l viento murmuraba con suavidad entre las hojas y mecía las margaritas
que punteaban el claro del bosque. El
día era hermoso.

El zorro y la cigüeña, sentados sobre la fresca
hierba, almorzaban.

El zorro, que era el dueño de casa, engullía
afanosamente la sopa de uno de los platos en
que la había servido. Pero el solemne pájaro que
era su invitado estaba sentado cortésmente ante
su plato, observando en silencio. Al parecer, no
tenía hambre. De vez en cuando, sumergía su
largo pico puntiagudo en el plato, pero apenas
lograba atrapar unas gotas.

Cuando el zorro, con su larga lengua flexible,
hubo lamido ambos platos de sopa hasta no
dejar nada en ellos, se relamió y dijo:

–¡Qué buena cena!

E hizo chasquear sus labios ruidosamente.

Esopo

–¡Muy buena cena! –repitió–. Lamento que no hayas comido más.

La cigüeña no hizo comentario alguno. Sólo sugirió que el zorro le hiciera el honor de acudir a cenar con ella al día siguiente.

El zorro aceptó de buena gana y, a la hora convenida, llegó trotando al claro del bosque donde habían cenado la víspera. Pero... ¡cuál no sería su consternación al encontrar, sobre la mesa de la cigüeña, una cena de deliciosas carnes picadas, servidas en jarros altos y angostos! Con su largo pico, la cigüeña podía penetrar en lo más profundo de los jarros, y comía con avidez, mientras que el zorro, a quien se le hacía la boca agua, miraba desaparecer un bocado tras otro. Lo único que pudo obtener fue lo poco que había goteado por los bordes de las jarras.

Por fin, cuando hubo renunciado a toda esperanza, se alejó gruñendo, mientras la cigüeña batía las alas con aire de triunfo.

Hay que tratar con cortesía a los invitados
para que se sientan a gusto.

El león y el ratón

l sol de la tarde caldeaba las flores, hasta que empezaron a balancearse soñolientas y el follaje de los árboles proyectó un cambiante dibujo de sombras sobre el suelo del césped del bosque. Reinaba el silencio, y todos los animales estaban tendidos, durmiendo cómodamente la siesta: todos, salvo el ratoncito gris, que retozaba en la danzarina luz y en la sombra. Tan feliz se sentía en aquella dorada tarde estival.

Pero... ¡ay! Persiguió de manera tan alocada su propia cola, que chocó con el gran león, tendido perezosamente al pie de un árbol. El tonto ratón creyó que sólo había chocado con el tronco del árbol, y hasta que se topó con la nariz del león y sintió el aliento del gran animal, no comprendió lo que había hecho.

El rey de la selva se movió como si sintiera un cosquilleo en la nariz y, abriendo un ojo, vio al ratoncito gris. De inmediato, puso la pata sobre

la larga cola del animalito. El ratón chilló, con terror:

–¡No, no, rey león! ¡Te suplico que tengas piedad de mí!

Tiró y forcejeó con desespero, tratando de liberar la cola del peso de la gran pata que la sujetaba. Pero no pudo zafarse y, cada vez que el león profería un rugido ensordecedor, como un trueno que viaja por los cielos, el ratoncito se estremecía de susto.

–No, no –decía, con voz trémula–. No, rey león. ¡No! Ten piedad de mí. ¡Quita tu pata de mi cola y déjame ir!

Pero el león se limitaba a aturdirlo con otro rugido. Entonces, apelando a todo su ingenio el ratón le dijo, taimadamente:

–Sin duda, el gran rey de la selva no querrá mancharse las patas con la insignificante sangre de un ratoncito gris. ¡Suéltame, rey león!

Pero el león le asestó un golpe con la pata.

–¡Oh rey león! Si me sueltas, algún día te salvaré la vida.

Al gran animal lo divirtió tanto esta idea, que se echó a reír sonoramente y, alzando la pata, dejó huir al asustado ratón.

Varias semanas después, el ratoncito, al corretear de nuevo entre los árboles del bosque, oyó un bramido de dolor que llegaba del otro lado de la arboleda.

Siguió la dirección del ruido y vio a su amigo el león, firmemente atrapado en la trampa de un cazador. Ahora le tocaba al gran rey de los animales tirar y forcejear. Pero cuanto más intentaba liberarse de la red, tanto más se enredaba en ella.

El ratón advirtió en seguida lo que sucedía y empezó a roer las mallas de la red hasta que, a los pocos minutos, el rey de la selva quedó en libertad.

–Un favor merece otro –dijo con vivacidad el ratoncito, mientras escapaba para jugar persiguiendo las sombras de la tarde.

No hay que dudar en hacer los favores
pues tal vez mañana necesitemos uno.

La caña y el roble

l viento soplaba en grandes ráfagas. Las espigas de trigo se tendían bajo los golpes de la borrasca. Los esbeltos árboles de la selva se inclinaban con humildad, y los animales corrían en busca de refugio. El estruendo del viento cantaba entre las copas de los árboles, fustigaba la superficie del estanque de los lirios, trocándola en espuma, y daba vueltas a las anchas y lisas hojas de las plantas acuáticas.

Pero el viejo roble seguía erguido e inmutable en el linde del bosque y no se doblaba bajo la furia de la tormenta.

–¿Por qué no te inclinas cuando el viento golpea tus ramas? –preguntó la esbelta caña–. Yo sólo soy una frágil caña. Me balanceo con cada ráfaga.

Con desdén, el roble replicó:

–¡Bah, eso no es nada! Las tormentas que he soportado y vencido son innumerables.

La tormenta lo oyó y sopló furiosamente. El luminoso zigzag de un relámpago rasgó la oscuridad del cielo, y la lluvia azotó con fuerza el ramaje del poderoso roble. Pero el árbol resistió impasible. Por fin, pasó la tempestad, asomó el sol por encima de una nube, sonrió a la Tierra que estaba allá abajo y volvió a reinar la calma.

Entonces, salieron del claro los leñadores, blandiendo sus hachas y cantando alegremente. Iban a talar el gigantesco roble.

Este se mantuvo erguido con firmeza, recibiendo valerosamente los golpes, cuando la filosa hoja del hacha lo hería. Luego, al balancearse su enorme tronco, profirió un terrible gemido y se desplomó con estruendo atronador.

Los leñadores le cortaron las ramas, lo ataron y se lo llevaron del bosque, donde había estado en pie durante tantos años.

La esbelta caña, firme y erecta en su sitio, suspiró con lástima.

—¡Qué desgracia! —exclamó—. ¡Pobre roble! ¡Éramos tan buenos amigos!

Más vale a veces ser frágil y flexible que fuerte e inflexible.

La ardilla y el león

Durante toda la mañana, la ardilla había andado por las copas de los árboles, saltando de rama en rama y sacudiéndolas para apoderarse de las nueces. En la rama más alta de un olmo se detuvo para dar un gran salto y luego, con repentino impulso, surcó los aires. Pero, por desgracia, erró la puntería y cayó a tierra, dando vueltas en el aire, como un trompo.

A la sombra del olmo, dormía su siesta el león, cómodamente estirado. Roncaba a sus anchas. De pronto, sintió que algo lo golpeaba. El aturdido animal se levantó de un salto y de un zarpazo sujetó a la ardilla, atrapando la peluda cola del animalito.

Éste se estremeció de terror, sospechando su fin.

–¡Oh rey león! –dijo, sollozando–. No me mates. Fue un accidente.

–¡Bueno, está bien! –gruñó el león que, en realidad, no se proponía hacerle daño–. Estoy dispuesto a soltarte. Pero antes debes decirme por qué eres siempre tan feliz. Yo soy el señor de la selva, pero debo confesarte que nunca estoy alegre y de buen humor.

—¡Oh gran señor! —canturreó la ardillita, mientras trepaba hacia lo alto del olmo—. La razón es que tengo la conciencia limpia. Recojo nueces para mí y para mi familia y jamás hago mal a nadie. Pero tú vagas por el bosque, al acecho, buscando solamente la oportunidad de devorar y destruir. Tú odias, y yo amo. Por eso eres desdichado, y yo soy feliz.

Y meneando su linda cola, la ardilla desapareció entre las ramas cargadas de follaje... dejando al león librado a sus pensamientos.

No siempre los poderosos son los más felices.

El león y el elefante

A todos los animales les parecía que el león era su rey, desde tiempo inmemorial. Era a tal punto más fuerte y más valiente –y, desde luego, más gallardo– que cualquiera de ellos, que la mayoría de sus súbditos lo miraba con veneración. No había uno sólo que no estuviera dispuesto a dar una pierna..., bueno, quizá no tanto como una pierna..., digamos un dedo del pie..., para que el león lo eligiera su amigo predilecto. Pero el león tenía ya un favorito con el que pasaba la mayor parte de su tiempo: el elefante.

Cuando el león iba de visita, el elefante siempre trotaba a su lado, y aunque ambos no consumían el mismo tipo de alimento, comían a menudo juntos.

Los demás animales no lograban explicarse por qué estaba dispuesto el león a derrochar tanto de su valioso tiempo con el viejo y pesado elefante. Y no hay que creer, ni por un momen-

to, que ello les gustaba. Y ese asunto daba lugar a mil y un comentarios.

Cierto día, cuando el león había invitado al elefante a una excursión de caza que duraría dos semanas, sus demás súbditos se reunieron en el bosque para discutir aquel fastidioso asunto. El zorro, que nunca había dudado que era más astuto que los además animales, fue el primero en hablar.

–No crean que envidio al torpe y pesado elefante –dijo–. Pero... ¿qué le ve de particular el león? Si el elefante tuviera una bella y peluda cola como la mía, yo comprendería en seguida por qué simpatiza con él.

Meneando su elegante cola para que los demás animales viesen de qué estaba hablando, el zorro concluyó su discurso y se sentó.

El oso, que no había oído ni la mitad de lo dicho por el zorro, se levantó y meneó la cabeza. Toda aquella conversación sobre la elegancia lo fastidiaba.

—Si el elefante tuviera unas zarpas largas y afiladas como las mías, yo podría comprender la simpatía que siente el león por él —dijo.

—O si sus torpes colmillos fuesen como mis cuernos —intervino el buey.

—No me hagan reír —dijo el asno—. Todo este asunto es claro como el día. Al león le gusta el elefante porque sus orejas son largas. ¡Y eso es todo!

—¡Cómo se quieren a ellos mismos estos estúpidos animales! —dijo a su mujer el pato—. Pero la verdad es que los animales que no saben graznar no merecen siquiera ser mencionados.

No hay considerarse más especial que los demás,
pues todos tenemos distintas cualidades y defectos.

El ciervo herido

n lo más profundo del sombrío bosque y sintiéndose a salvo, tras un espeso matorral de zarzas, yacía un ciervo. Lo había herido un cazador y, después de internarse en el bosque, se instaló sobre una tupida capa de tierna hierba, para reponerse. Pero un conejo descubrió su escondite y, como le inspiraba piedad, lo visitó a menudo. Hasta habló a los demás habitantes del bosque, del ciervo tendido en la tierna hierba... herido y solitario. Y por eso, cada día acudían a visitarlo más y más amigos.

Esto era delicioso, porque el ciervo era muy sociable y gustaba de ver a sus amistades del bosque. Pero, por desgracia, sólo venían a verlo los amantes de la hierba tierna. Por fin, se acabó el alimento del ciervo, ya que los mordisqueantes conejos y la hambrienta cabra habían devorado toda la hierba que había al alcance del ciervo herido.

Mientras el pobre animal yacía sobre el pelado suelo, muriéndose de hambre, pasó casualmente el granjero y oyó sus gemidos. Separó las zarzas y halló al hambriento animal estirado sobre su lecho.

–¿Qué te pasa, pobrecito? –le preguntó.

–¡Tengo hambre! –replicó el ciervo–. Los amigos que vinieron a expresarme su condolencia se han comido todo mi alimento.

–¡Así suele ocurrir! –exclamó el granjero–. Ten siempre cuidado con los amigos cuyo afecto está ubicado en el estómago.

Y fue en busca de varias brazadas de la más tierna hierba del bosque y se la trajo a su amigo.

–Come hasta hartarte y cúrate –le dijo.

No hay que fiarse de quienes frecuentan a sus amigos por algún interés material.

El avaro que perdió su oro

El granjero salió del bosque y llegó al claro que estaba en el linde de la maleza. En aquella soledad encontró a un anciano que tiritaba. Sólo una harapienta capa le cubría el cuerpo del crudo frío invernal. Sus cabellos grises estaban insertados como plumas alrededor de la cabeza, y su barba era larga y desaliñada. Con manos trémulas se secó las lágrimas, pero siguió gimiendo.

El buen granjero se apiadó de él y le dijo, bondadosamente:

–Dime, amigo mío, ¿qué te sucede?

–¡Algo terrible! ¡Espantoso! –exclamó el viejo, entre sollozos–. Vendí mi casa, mis tierras y todo lo que tenía, y oculté en este agujero el oro que me dieron por ellos. Y ahora, ha desaparecido..., desaparecido..., ¡desaparecido!

Y, de nuevo, las lágrimas le resbalaron por las mejillas.

–Temo que estás sufriendo el castigo del avaro –dijo sabiamente el granjero–. Has permutado tus cosas buenas y útiles por un montón de oro inservible, que no puedes comer ni usar como ropa. ¡Aquí tienes! –agregó–. Mira esta piedra. ¡Entiérrala y piensa que es tu pedazo de oro! ¡Nunca notarás la diferencia!

Y el granjero siguió su camino abandonando al lloroso viejo.

A veces es mejor no atesorar el dinero, sino gastarlo en cosas útiles.

La liebre con muchos amigos

adie había llamado jamás vanidosa a la liebre, pero tantos animales habían dicho que era el mejor de sus amigos, que no se podía censurarla porque se sintiera un poco orgullosa de sí.

Una alegre mañana de sol, decidió visitar a algunos de sus doscientos hijos. Salió temprano y atravesó, dando saltos, los bosques, hasta que, de improviso, le cayó encima una rama y le magulló una de las patas traseras.

La magulladura no era grave y sólo había una razón para que la inquietara. Al día siguiente, la gente del pueblo venía a cazar a los bosques y, para huir de sus sabuesos, ella tendría que mostrarse más despierta y ágil que nunca. Avanzó renqueando algunos pasos y, después de sentarse, se rascó pensativa la oreja. Empezó a sospechar que algo no andaba demasiado bien.

–¿Por qué ha de huir para salvar su vida un ser tan popular como yo, en las condiciones en

que me encuentro? –se preguntó, frunciendo su móvil hociquillo–. Esa idea es sencillamente estúpida. Felizmente tengo excelentes amigos que me ayudarán gustosos a salir del paso.

Se levantó en el acto y fue cojeando hasta una pradera, donde halló a su buen amigo el caballo.

–Buenos días, hermano caballo –dijo–. Estoy en dificultades. Mañana, como sabes, es el día de la cacería, y con la magulladura que tengo en la pierna me costará librarme de los sabuesos. ¿Me dejarías montar sobre tu lomo?

–Ya sabes que yo accedería con gusto –dijo el caballo–. Pero, en realidad, tengo que trabajar durante todo el día para mi amo. De todos modos, eso no tiene por qué preocupar a una persona tan atrayente como tú. Recibirás ayuda, estoy seguro... ¡Mucha ayuda!

La liebre necesitó largo tiempo para su paseo. La pata le dolía mucho y le alegró encontrarse con el toro. Sin detenerse a tomar aliento, le contó su historia.

–Con tus filosos cuernos –dijo– podrías mantener a raya a toda una jauría de sabuesos y, además, ahuyentar a los cazadores.

–Sí, pero... eso me parece difícil –respondió el toro–. Por desgracia, he prometido a un amigo que visitaría mañana a su familia.

–Comprendo –dijo rápidamente la liebre–. No pienses más en eso.

–Días pasados, vi a tu amiga la cabra montés –insinuó el toro–. Es probable que le alegre ayudarte.

La liebre necesitó largo tiempo para encontrar a la cabra; pero, al final, lo consiguió y le repitió su historia.

–Ya sabes cuáles son los sentimientos que me inspiras –dijo la cabra montés–. Yo haría cualquier cosa por una amiga como tú. Pero me siento tan mal que te sería completamente inútil. No puedo imaginar de qué se trata –y la cabra meneó su peluda cabeza–. Quizá se deba a algo que he comido y me ha sentado mal.

Esa misma tarde, la liebre visitó al asno, a su viejo amigo el buey y hasta a un oso al que había salvado la vida en cierta ocasión. Todos ellos se mostraron ansiosos de ayudarla, pero daba la casualidad de que estaban mucho más atareados que antes.

La liebre volvió a su casa, cojeando penosamente. Al anochecer, reunió a su alrededor a veinte o más de sus hijos. Había descubierto una verdad tan grande y tan amarga que sentía la necesidad de compartirla con su familia.

–Si quieren saber qué clase de amigos tienen, pidan un favor –les dijo–. ¡Entonces, lo sabrán!

Los amigos verdaderos solo se reconocen
en los momentos difíciles.

El granjero y sus hijos

os tres hermanos se peleaban agria-
mente a causa de las tareas que les
había encargado su padre. El mayor
estaba parado junto a la puerta del
establo, agitando con enojo los brazos. El segundo frente a él, blandía el puño en un acceso de
ira. Y el tercero recostado contra el pozo, con
las manos metidas en los bolsillos y en el rostro
un aire terco y malhumorado.

El granjero vio reñir a sus hijos y salió de la
casa con tres pesados palos atados formando un
haz.

–¡Hijos! –les gritó–. Si tienen tiempo para
hacer una pausa en su reyerta, quiero que traten
de romper estos palos.

Los tres hijos lo intentaron, sucesivamente,
apoyando el centro del haz en las rodillas y haciendo presión con las manos, por los extre-
mos. Pero la madera era resistente y no quería

romperse. Entonces, el granjero desató la cuerda que unía los palos y, tendiendo un palo a cada uno de sus hijos les dijo:

–¡Ahora, inténtelo!

Desde luego, cada joven partió en dos su palo, con facilidad.

–Como ven, hijos míos, si son como los palos separados, cualquiera podrá romperlos –dijo el granjero–. Pero unidos, serán suficientemente fuertes para soportar cualquier infortunio y su tierra prosperará.

La unión hace la fuerza.

La liebre y la tortuga

odos los animales estaban reunidos a lo largo del camino hacia el bosque. Porque era el día de la gran carrera entre la liebre y la tortuga. La ágil liebre se había burlado de la lenta y pesada tortuga y la había desafiado a una carrera. Nadie tenía dudas acerca de quién iba a ganar, pero todos pensaban que resultaría divertido observar el paso de ambos competidores.

Junto al puente que cruzaba el arroyo, la liebre y la tortuga se saludaron y partieron, tan pronto como el negro cuervo, que era el árbitro, lanzó un agudo graznido, como señal. La tortuga avanzó trabajosamente, tambaleándose sobre sus cuatro regordetas patas. La liebre saltaba con excitación a su alrededor, deteniéndose cada pocos metros para husmear y mordisquear los tiernos brotes que crecían junto al camino.

Por último, para mostrar su despreocupación y el desprecio que le inspiraba su adversa-

ria, la liebre se tendió a descansar sobre un lecho de tréboles.

La tortuga, entre tanto, seguía avanzando trabajosamente, centímetro tras centímetro.

–¡La carrera ha empezado! –advirtió la cabra, desde un lado del camino.

Pero la liebre respondió con impaciencia:

–¡Ya lo sé, ya lo sé! Pero la tortuga no podrá llegar antes del mediodía al gran olmo que está en el otro extremo del bosque.

En esta confianza, se instaló a sus anchas y se quedó profundamente dormida.

Mientras la tortuga avanzaba con lentitud, los mirones se sintieron cada vez más excitados, ya que la liebre dormía aún. Cada uno de sus diminutos pasos acercaba más a la tortuga al olmo, que era la meta señalada. Avanzaba lenta y pesadamente, mientras todos los pescuezos se tendían para observar a la liebre…, que dormía confiadamente su siesta, encogida como una pequeña bola parda.

Después de un lapso que pareció interminable, la tortuga estiró su largo pescuezo y escudriñó el camino que tenía delante. Allí, a pocos pasos de distancia, se veía la imponente mole del gran olmo al que debía llegar. La tortuga estaba exhausta por haber llegado tan lejos a su máxima velocidad, pero cobró fuerzas para una arremetida final.

¡Y en ese preciso instante, la liebre despertó! Al ver que la tortuga estaba casi junto al punto de llegada, se levantó de un salto y echó a correr por el camino, a grandes brincos. Apenas parecía una franja parda.

¡Los pájaros empezaron a chillar! El gran león abrió sus quijadas y bramó. Los demás espectadores gritaban, baileteaban y saltaban con frenesí de aquí para allá. Nunca habían imaginado que la carrera pudiera llegar a tal estado. Con sonoro clamoreo, incitaron a la lenta tortuga a avanzar, porque sólo le faltaba medio metro, poco más o menos, y la liebre se acercaba a toda velocidad. ¡Cuando faltaban cinco centímetros, la pobre tortuga tenía a la liebre casi a su lado!

Pero lo mismo hubiera sido si su veloz competidor hubiese estado a un kilómetro de allí. Con una gran embestida, la tortuga estiró el largo pescuezo y tocó la corteza del olmo un momento justo antes de que la liebre, jadeante, la alcanzara.

¡Había ganado la carrera!

Los espectadores aplaudieron con entusiasmo. Y palmearon a la tortuga en su ancha y lisa concha.

—Esa liebre siempre estuvo demasiado segura de sí misma —dijo el búho al águila—. Desde ahora, tendrá que comprender que no siempre es el más veloz quien gana la carrera.

El que se confía demasiado de sus capacidades corre el riesgo de quedarse rezagado.

El lobo y la grulla

l pobre lobo tosía desesperadamente, mientras le resbalaban las lágrimas por el hocico, pero no lograba desalojar el hueso con que se había atragantado.

–¡Socorro! –dijo con voz entrecortada y lastimera a la grulla de largo pescuezo que lo estaba observando–. ¡Socorro! ¡Tengo un hueso en la garganta!

Pero la grulla lo escudriñó con aire de desconfianza.

–¡Oh, socorro! –volvió a clamar el lobo con tono atormentado y tratando, en vano, de tomar aliento–. Te recompensaré bien si me sacas el hueso de la garganta.

Dada la promesa de una recompensa, la grulla cobró ánimos y, acercándose al lobo, metió la cabeza entre las mandíbulas de éste y, con su largo pico puntiagudo, le sacó el hueso, que estaba muy abajo.

Jadeante, el lobo exclamó, con voz entrecortada:

–¡Oh, me siento mejor! ¡Cómo duele!

–¿Y la recompensa? –le recordó la grulla, saltando sobre sus largas y delgadas patas. El lobo soltó la risa.

–¡Estúpido pájaro! –dijo con voz atronadora–. ¡Ya has tenido tu recompensa! ¿No te basta con haber metido la cabeza en la boca de un lobo y haberla vuelto a sacar sana y salva?

–¡Pero te he hecho un favor! –protestó la grulla.

–¡Oh, no! ¡No me lo has hecho! –dijo el lobo–. Un favor no es un favor si se hace por una recompensa.

Hay que ayudar desinteresadamente a los demás.

El caballo y el asno

o! –dijo el obstinado caballo, y golpeó enojado el suelo, como un niño mimado.

–¡Por favor! –gimió el asno, con lastimero acento, bajo su pesada carga–. ¡Quítame una parte de esta carga, o el peso me matará!

Pero el caballo respondió con desdén:

–¿Qué me importa a mí tu carga?

Y ambos siguieron su camino, recorriendo trabajosamente, uno detrás de otro, el sendero que serpenteaba por la ladera de la montaña. El caballo bailoteaba alegremente al mordisquear la tierna hierba. Pero el asno, con la cabeza baja, ahuyentando con la cola a las torturantes moscas, jadeaba penosamente mientras avanzaba bajo aquel peso abrumador.

De pronto, desfalleció. Se le doblaron las rodillas y se desplomó... muerto.

Su amo, que iba varios pasos más atrás, vio lo sucedido y corrió hacia él. Con rapidez soltó las correas que sujetaban la carga al lomo del asno y la puso sobre el del caballo, cargando, además, a éste, con el animal muerto.

–¡Esto es terrible! –dijo el caballo, jadeante–. Me resulta insoportable transportar toda la carga y, además, el cuerpo del asno. De haber sabido que sucedería esto, le habría ayudado con gusto. ¡Me habría resultado mucho mejor!

No hay que negar un favor a quien verdaderamente lo necesita.

La zorra y las uvas

L a vieja y taimada zorra estaba decepcionada. Durante todo el día había merodeado tristemente por los densos bosques y subido y bajado a las colinas, pero... ¿de qué le había servido? No hallaba un solo bocado; ni siquiera un ratón de campo. Cuando lo pensaba –y se estaba sintiendo tan vacía por dentro que casi no podía pensar en otra cosa–, llegó a la conclusión de que nunca había tenido más hambre en su vida. Además, sentía sed..., una sed terrible. Su garganta estaba reseca.

En ese estado de ánimo, dio la vuelta a un muro de piedra y se encontró con algo que le pareció casi un milagro. Allí, frente a ella, había un viñedo lleno de racimos de frescas y deliciosas uvas, que sólo esperaban que las comiesen. Eran grandes y jugosas e impregnaban el aire con su fragancia.

La zorra no perdió el tiempo. Corrió, dio un salto y trató de asir la rama más baja, con sus

hambrientas mandíbulas..., ¡pero no llegó a alcanzarla! Volvió a saltar, esta vez a una altura algo mayor, y tampoco pudo atrapar con los dientes una sola uva. Cuando fracasó por tercera vez, se sentó por un momento y, con la reseca lengua colgándole, miró las docenas y docenas de ramas que pendían fuera de su alcance.

El espectáculo era insoportable para una zorra hambrienta, y saltó y volvió a saltar, hasta que sintió mareos. Necesitó mucho tiempo, pero, por fin, comprendió que las uvas estaban tan fuera de su alcance... como las estrellas del cielo. Y no le quedó más recurso que batirse en retirada.

–¡Bah! –murmuró para sí–. ¿Quién necesita esas viejas uvas agusanadas? Están verdes…, sí, eso es lo que pasa. ¡Verdes! Por nada del mundo las comería.

–¡Ja, ja! –dijo el cuervo, que había estado observando la escena desde una rama próxima–. ¡Si te dieran un racimo, veríamos si en verdad las uvas te parecían verdes!

Algunas personas no admiten que no siempre pueden ganar e inventan cualquier justificación.

El lobo y el perro del granjero

Una mañana el flaco lobo se arrastraba por la silenciosa alfombra que cubría el patio de la granja. Cómodamente acurrucado en su tibia chocita, el perro del granjero observaba con interés su merodeo en busca de la cena.

–¡Hola! –dijo, finalmente, cuando el lobo se acercó a husmear demasiado cerca del gallinero.

–¿Por qué tienes ese aspecto tan gordo y próspero? –preguntó el lobo, acercándose despacio a la chocita–. ¿De qué vives?

–¡Oh! Ahuyento a los ladrones –respondió el perro, dándose importancia–. Y, también, voy de caza con mi amo y cuido de sus hijos.

–Pero yo podría hacer todas esas cosas –replicó el hambriento lobo.

–¡Seguro! Apuesto a que podrías –replicó el perro, con aire negligente.

Entonces, el lobo notó una marca alrededor del cuello del can, en un lugar donde se veía pelado, casi hasta la piel.

—¿Qué demonios es eso? —preguntó, frunciendo el ceño.

—¡Oh! ¿Eso? —dijo el perro, con despreocupación—. Es el sitio donde me roza el collar cuando me encadenan.

—Entonces —dijo el lobo, categóricamente—, puedes guardarte tu sustancioso empleo y tu cama caliente. Prefiero tener hambre y ser libre todos los días, a ser un esclavo bien alimentado.

Para algunos es más valiosa la libertad
aunque tengan que padecer hambre.

El ratón de campo en la ciudad

l ratón de campo procuraba agasajar lo mejor posible a su primo de la ciudad.

Había reunido un cúmulo de sus golosinas más refinadas –nueces, guisantes, cebada y restos de queso– y preparado una blanda cama de lana de oveja en el sitio más seguro de su agujero.

Y ambos, en realidad, pasaban momentos muy agradables, retozando en los campos y jugando al escondite en el bosque.

Pero, mientras tanto, el ratón de campo se moría de curiosidad por conocer la vida de la ciudad.

–¿Por qué no vienes conmigo y la ves tú mismo? –dijo, por fin, su amigo.

La invitación fue aceptada en el acto. Ambos partieron y, a su debido tiempo, llegaron a la espléndida mansión en que vivía el ratón de la ciudad.

–Hemos llegado en el momento oportuno –dijo–. Huelo que se está preparando un banquete. Esta noche tendremos una gran fiesta.

Su hociquillo se contraía de excitación.

Y por cierto que fue un gran festín.

Ambos ratones se ocultaron debajo de un armario de la cocina y pudieron salir corriendo a atrapar innumerables bocados delicados, como nunca jamás los había gustado el ratón de campo.

¡Cómo los engulló éste!

Se había puesto casi tan redondo como una bola, cuando el banquete estuvo preparado para servirse.

Por fin, llegaron los invitados, y se abrieron de par en par las puertas del salón de banquetes. Los ratones se dieron prisa en acudir, para recoger las sabrosas migajas que caían de la mesa. Pero cuando cruzaban el pasillo, acudieron velozmente dos ágiles perros y se lanzaron sobre ellos.

–¡Sígueme! ¡Pronto! –dijo el ratón de la ciudad, y ambos se metieron debajo de un arcón donde había un agujero.

Llegaron a tiempo. El tibio aliento del primero de los perros envolvía ya al ratón de campo, cuando éste llegó a la boca del agujero, y lo hizo tiritar de espanto.

–La casa es maravillosa, primo, y me has dado una comida espléndida. Pero, si no tienes inconveniente, volveré a mi casa en el campo. La vida de la ciudad resulta demasiado agitada –dijo el ratón de campo.

Y se marchó, con toda la velocidad que le permitían sus patitas grises.

*Las comodidades y la vida agitada de la ciudad
no siempre son preferidas a la tranquilidad
de la vida del campo.*

El león moribundo

adie sabía cómo se había divulgado la noticia, pero el caso era que todos los animales hablaban de ella. El león se moría y deseaba que todos sus súbditos lo visitaran y supiesen qué dejaba a cada uno de ellos en su testamento. El zorro, que nunca había soñado siquiera con estar ausente cuando daban algo, fue presurosamente al cubil del león, para llegar antes que nadie. Pero, a medida que se acercaba, caminaba con mayor lentitud. Pensaba. Pensaba intensamente.

Cuando llegó a la entrada del cubil, en vez de entrar se ocultó detrás de un arbusto y esperó para ver qué sucedía. No tuvo que esperar mucho. A los cinco minutos, llegó una joven cabra, con suma prisa.

El zorro permaneció inmóvil y contempló la entrada del cubil, con sus astutos ojos. Si quería ver qué regalo traía la cabra o conocer el último mensaje del moribundo león, debía tener paciencia. La cabra no volvió.

Poco después, llegó trotando un ternero. Y, como la cabra, entró de prisa a la caverna. También él se quedó allí.

En el término de una hora, desaparecieron así un asno, una oveja y dos conejos. Y el zorro de ojos despiertos los vio a todos. Transcurrió una hora más y llegó a la conclusión de que el león no tendría, quizá, más visitantes ese día. Pero, cuando se disponía a partir, sucedió algo sorprendente. El enfermo apareció en la entrada de la caverna y, al notar al zorro, le habló con amable tono.

–Ven, ven, amigo zorro –le dijo–. Tengo unas últimas palabras que decirte.

El zorro meneó la cabeza y repuso:

–Si no tienes inconveniente, creo que esperaré hasta mañana. A juzgar por las huellas que llevan a tu cubil, he visto que varios de tus súbditos te están visitando ya. Las multitudes me resultan insoportables, y mientras algunos de ellos no hayan salido, postergaré para luego mi visita.

Con un bramido demasiado sonoro para un inválido, el león saltó sobre el zorro y lo persiguió durante cerca de un kilómetro. Pero no lo alcanzó… por dos motivos. El primero era que el zorro le llevaba ventaja; y, el segundo, que el león estaba tan ahíto de carne de conejo, ternero, cabra, oveja y asno, que no pudo desarrollar mucha velocidad.

Finalmente se desplomó en un bosquecillo y allí se quedó el resto del día, jadeante.

*A veces es mejor dedicarse a observar
y no confiar ciegamente en las intenciones
de los demás.*

Un pez en la mano

l pescador se pasó toda aquella tarde de verano en las riberas del arroyo y usó como cebo los más selectos gusanos, pero no atrapó un solo pez. Al alargarse las sombras, se dispuso a guardar sus bártulos y regresar a casa. De pronto, sintió un tirón en su caña. La sacó bruscamente… y vio que en el anzuelo había sólo un pez tan pequeño que apenas si valía la pena freírlo.

–Perdóname la vida! ¡Perdóname la vida! –gritó el pececito–. ¡Soy tan diminuto! Vuelve a tirarme al arroyo y dentro de un mes seré mucho más grande y podrás pescarme y darte un banquete.

Pero el pescador se echo a reír.

–¡No! Ahora estás en mi poder –le dijo, meneando la cabeza–. Pero si te vuelvo a arrojar al agua me gritarás "¡Buen pescador, atrápame si puedes!" ¡Un pez en la mano vale por dos en el arroyo!

Y después de decir esto, el pescador mató al pez y lo puso en el cesto, a fin de llevárselo a su casa para la cena.

Más vale lo que se tiene asegurado que lo que se sueña obtener.

El zorro que perdió la cola

n las últimas horas de la tarde, un joven zorro paseaba distraídamente por los bosques cuando, ¡zas!, pisó una trampa de acero y quedó atrapada en ésta su peluda cola. Hizo todo lo posible por zafarse, pero cuanto más tiraba, con mayor fuerza lo retenía el cepo.

Oscurecía, y un par de veces creyó oír ladrar a los perros. Luego, de pronto, tuvo la seguridad de que los oía... y adivinó que llegaba el cazador para ver qué había atrapado su trampa.

El infortunado zorro pensó con rapidez. No cabía duda. Debía perder la vida o su hermosa cola. Sólo disponía de unos pocos minutos para huir. Acaso no podría zafarse. Tiró con todas sus fuerzas, se revolcó por el suelo y se retorció hasta que, con un tirón final, quedó libre, dejando su preciosa cola en la trampa. En el preciso instante en que se acercaba, a la carrera, el primero de los salvajes perros, el zorro se internó en el bosque, tambaleándose penosamente. Cruzó un río, para hacer perder el rastro a sus perseguidores y se encaminó hacia su guarida.

El zorro estaba tan contento de estar vivo que, durante algún tiempo, no se preocupó mucho por la pérdida de su cola. Pero al día siguiente, cuando se inclinó sobre el arroyo para beber, miró el agua y vio la terrible verdad. Su hermosa cola había desaparecido. ¡Qué raro y feo estaba! Meneó la cabeza con tristeza, y al imaginar cómo se burlarían de él los demás animales, sobre todo los zorros, se internó en el solitario bosque y se ocultó entre la espesa arboleda.

Pero, como todos los zorros, era taimado y, después de trazar varios planes y de urdir diversas tretas, se le ocurrió una idea brillantísima. Estaba seguro de ello.

Apenas amaneció el día siguiente, se unió audazmente a un grupo de hermanos y primos suyos y, antes de que pudieran decir una sola palabra sobre su desaparecida cola, empezó a pronunciar un elocuente discurso.

–No se imaginan qué agradable, cómodo y práctico es estar sin cola –dijo, con aire importante–. No sé cómo he podido soportarla duran-

te tantos años. ¡Me siento tan ligero y ágil sin ella! Es una sensación maravillosa.

–Pero... ¿qué fue de tu cola? –preguntó uno de los zorros, sorprendido.

–¿Qué fue, dices? –repitió el joven zorro–. Pues que me la corté, naturalmente. Era demasiado larga y pesada y se arrastraba siempre por el suelo, recogiendo basura. Ahora me siento cómodo, por primera vez en mi vida, y les aconsejo a todos que se desembaracen de inmediato de sus estúpidas e inútiles colas.

–¿Y supones que vamos a creer que te la cortaste? –preguntó tranquilamente un viejo zorro.

–¿Por qué no? –replicó el zorro joven, con un poco más de aspereza que la natural–. Mi fastidiosa cola se me enredaba a cada momento en esto y lo otro y...

Al oírlo, una vieja abuela contrajo sus zorrunos ojos y se echo a reír. Al cabo de un momento, todos los presentes reían... con mayor fuerza cada vez.

Esto resultó insoportable al joven zorro, y si hubiese tenido una cola que meter entre las patas, por cierto que lo habría hecho, cuando se fue, enojado, a refugiar en el bosque.

–Al dolor le gusta la compañía –dijo la vieja y sabia zorra.

Pero los demás reían aún y probablemente no la oyeron.

En momentos de desgracia uno necesita sentir
el apoyo de las demás personas.

La leche derramada

ios mío! ¡Oh Dios mío! –exclamaba, entre llantos, la pequeña y linda lechera, junto al balde de leche recién derramada.

La vaca de pesados párpados estaba a su lado, mascando las tiernas briznas de hierba. Y meneaba la cola con aire despreocupado, mirando indiferente el balde que acababa de patear.

Cubriéndose con las manos el rostro bañado por las lágrimas, la muchacha se lamentó con amargura:

–Yo iba a comprar unos huevos con el dinero que me darían por la leche, y luego obtendría pollos de esos huevos y mandaría los pollos a la feria y, con lo que me pagaran, me habría comprado un hermoso vestido de seda. Entonces, todos querrían bailar conmigo. Y ahora..., ahora... –y la lechera sollozó de nuevo, desconsoladamente.

Tantos lamentos resultaban insoportables.

–¡Vamos, vamos! –dijo el prudente granjero, dándole una palmadita en la cabeza–. Conseguirás más leche con que comprar más huevos, con los cuales incubar más pollos y, gracias a éstos, comprar más vestidos de seda. Pero debes recordar que es tonta la lechera que llora sobre la leche derramada... y la que cuenta sus pollos antes de que estén incubados.

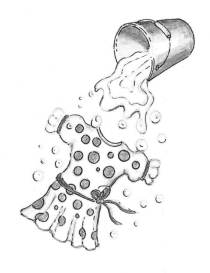

Es inútil lamentarse por las desgracias ocurridas.
Es igualmente inútil pensar en el futuro sin asegurar el presente.

El cuervo y su madre

na vez, un joven cuervo robó un trozo de pan en una granja y lo llevó al nido de la familia. En vez de regañarlo, como debió hacerlo, mamá cuervo batió las alas con placer y lo elogió por ser un hijo tan desinteresado, que traía alimento a su pobre madre, que tanto trabajaba.

–¡Qué joven talentoso eres! –exclamó–. ¡Mamá se enorgullece de ti! La vez próxima, debes tratar de traer a casa un poco de carne, o quizá algo realmente valioso, como una cuchara de plata o un anillo.

Encantado con las palabras de su madre, el joven cuervo empezó a coleccionar cosas en serio. Al poco tiempo, había traído a casa tantos cuchillos, tenedores, anillos, broches de oro y otras bonitas bagatelas, que su familia podía haber abierto un comercio para su venta. Y la madre graznaba de alegría, diciendo a todos sus

amigos que era una lástima que ellos no tuviesen hijos tan inteligentes como el suyo.

A los pocos meses, el atareado cuervo se cansó de robar cosas ante las propias narices de la gente. Le resultaba tan fácil hacerlo que ya no lo divertía. Por eso, mientras su madre seguía diciendo que era el hijo más maravilloso que hubiese incubado cuervo alguno, comenzó a robar en los nidos de otros pájaros. Esto era arriesgado y exigía más astucia, pero... ¿cómo podrían sorprenderlo cuando lo hacía –se preguntaba– un torpe petirrojo, un grajo o un águila?

Por desgracia, esto fue lo que sucedió al final. Lo sorprendieron con las manos en la masa, y dos feroces águilas lo custodiaron hasta el momento en que debía ser castigado.

Porque, desde luego, mientras que los seres humanos eran considerados víctimas más o menos adecuadas, robar a los demás pájaros constituía un delito grave.

La mitad de los pájaros del bosque se reunieron esa mañana para decidir su destino. Aunque los cuervos alegaron largamente y con vehemencia en su favor, no lograron salvarle la vida. Por último, el joven cuervo pidió un favor. Que le dejaran hablar con su madre. Nadie podía negarle aquel conmovedor deseo, y toda la selva guardó silencio mientras ambos pájaros estaban parados el uno junto al otro... para darse el último adiós.

Entonces, sin advertencia previa, el joven cuervo le clavó las garras y picoteó a su madre con tanta crueldad, que los demás pájaros, horrorizados, los separaron. Por fin, más muerto que vivo, el cuervo logró que lo escucharan.

–Ustedes creerán que soy un malvado y un salvaje –comenzó–. Y, desde luego, quizá lo soy. Pero la culpa no es mía. Yo no estaría hoy aquí, si mi madre hubiese hecho que me comportara bien. En cambio, me mareó y me indujo a creer que todo lo que yo hacía era maravilloso. Si fueran justos, la castigarían también. Por lo menos, he dicho lo que tenía que decir. ¡Ahora, hagan conmigo lo que quieran!

Aunque todos reconocieron que cuanto el cuervo había dicho era cierto, esto de nada le sirvió. Lo colgaron de la rama de un olmo... como escarmiento para todos los pájaros que pensaran robar a otros de su especie.

Para el delito no hay ninguna justificación.

El asno que intentaba cantar

ajo el temprano sol matinal, la hierba, impregnada de rocío, brillaba como quebradizo cristal. El asno se frotó repetidas veces el hocico en el rocío. Las gotitas de agua se adhirieron por un momento a sus correosas y negras fosas nasales y luego resbalaron como relucientes perlas. Sus flacas patas apenas lograban sostenerlo. Se balanceó varias veces, mareado, y poco le faltó para caer.

Tal fue el lamentable estado en que el granjero lo encontró, lamiendo aún el rocío de la hierba. Era evidente que el pobre animal estaba enfermo o hambriento.

Pero no prestaba la menor atención a los tiernos brotes de los abrojos que tanto le gustaban.

–Todo fue por culpa de la música –explicó melancólicamente el asno, cuando el granjero le preguntó cuál era la causa de su enfermedad–. ¡Todo fue por la música!

–¿La música? –exclamó el granjero, asombrado–. ¿Qué tiene que ver la música con eso?

–Pues verás –replicó el asno–. Oí que las cigarras modulaban tan bellas canciones, que quise cantar de manera igualmente hermosa. Pensé que sería magnífico deleitar a un gran público. Cuando les pregunté cómo lo hacían, me dijeron que sólo vivían del rocío de la hierba. Hace una semana que sólo como rocío. ¡Y, sin embargo, lo único que hago es rebuznar!

–¡Estúpido asno! –exclamó el granjero, riendo.

Y luego, alcanzándole un puñado de abrojos, agregó:

–¿Crees, pobre tonto, que sí yo tratara de comer solamente abrojos, aprendería a rebuznar?

Hay que vivir de acuerdo con los dones que la naturaleza nos dio a cada uno.

El toro y el ratón

Un día, un ratoncito asomó la nariz fuera de su agujero y vio que un gran toro pastaba apaciblemente, apenas a una docena de metros de distancia. Retozón, como siempre, el ratoncito se acercó a él por detrás y le propinó un ligero mordisco en el pie.

El toro lanzó un aterrador mugido y echó a correr por el campo, desgarrando la hierba y mirando fieramente a su alrededor, como si buscara a un enemigo. El ratoncito corrió detrás de él, porque no quería perderse esa diversión.

–¡Alguien me ha mordido el pie! –bramó el toro–. ¡Alguien me mordió el pie y no descansaré hasta descubrirlo! ¡Simplemente, no lo toleraré!

–¿Te dolió mucho? –preguntó el ratoncito, asomando con mucha precaución la cabeza por entre un montón de hierba.

–No –dijo el toro, con más suavidad–. Realmente, no me dolió, pero no quiero que me muerdan el pie.

Esopo

–Fui yo quien lo hizo, noble toro –chilló el ratoncito–. Aunque sólo soy un ratón, obtuve una victoria sobre cuatro cascos, un poderoso cuerpo y un par de cuernos.

Y meneando la cola, escapó.

El toro miró el sitio donde había estado el ratón y, después de un momento, se alejó confuso.

–Debí comprender que ninguna persona importante se atrevería a atacarme –se dijo, esforzándose en recuperar la dignidad perdida–. Después de todo, sólo era el ratón.

No siempre es el más poderoso el que tiene éxito.

El lobo desencantado

n el aire se respiraba el otoño, y el humo surgía alegremente de las chimeneas de la gran mansión que estaba entre los pinos. Era una noche ideal para una buena cena.

Tal era el pensamiento que dominaba en la mente del hambriento lobo, que yacía acurrucado al pie de una ventana, junto a la casa, oyendo fácilmente lo que se decía dentro.

–¡Vaya un día que he tenido! –le gruñó a la ardilla que correteaba por las ramas de un árbol que asomaba su imponente mole allá arriba–. ¡Toda la jornada esperando! Si hubiese sabido que me tratarían así, habría perseguido al cordero que vi en las tierras del granjero. Ahora, me guste o no me guste, el cordero está a salvo en el redil y tendré que irme a dormir con el estómago vacío.

–¿Por qué te quedaste rondando por aquí todo el día? –le preguntó la ardilla con poca simpatía–. Debiste preguntar. Yo habría podido decirte que aquí no había ningún cordero.

–No era un cordero –dijo el lobo con tono desdeñoso–. ¡Era el niño! Oí que su madre le decía cuando lloraba: "Si no te callas, te echaré al lobo". Te aseguro que se me hacía la boca agua. Pero el niño siguió llorando, y yo esperando; y ahora ha llegado la noche y no veo al niño. ¡Ella, prácticamente, me lo prometió! Es muy fastidioso.

La ardilla se dobló sobre sí misma, en silenciosa risa y meneó la cola burlonamente.

–Tendrás que aprender que es inútil escuchar a la gente que dice una cosa y piensa otra –fue la sabia observación de la ardilla.

*No hay que dejar pasar una buena oportunidad
por esperar otra que tal vez nunca llegará.*

Los dos amigos y el oso

os campos dormitaban bajo los últimos rayos de sol de la tarde, y los animales del bosque, ocultos en centenares de cómodos escondites, empezaban a despertar de su siesta. El murmurante arroyo había mermado tanto que apenas era un hilo de agua, y la superficie del camino de tierra, llena de surcos, era dura y costrosa.

Avanzando con lentitud, dos hombres dieron la vuelta al recodo, con las chaquetas al brazo y los acalorados rostros relucientes de sudor. Conversaban en tono muy cordial y parecían ser buenos camaradas. A poca distancia, los seguía el gran oso negro, husmeando las huellas de los dos amigos.

Cuando el camino dio la vuelta en torno de una roca, uno de los hombres advirtió al enorme animal que avanzaba a grandes pasos hacia ellos. Lanzó un grito y, olvidando a su amigo, se lanzó hacia un árbol cercano. Trepó como un mono

por el tronco, hasta ponerse a salvo sobre una rama. Pero su amigo era viejo y no podía subir.

Al verse abandonado, miró a su alrededor, afligido, buscando un escondite. La carretera cruzaba un claro y, salvo el árbol, la tierra se extendía, lisa y uniforme, en todas direcciones. Desesperado, se dejó caer al suelo y se tendió boca abajo sobre la hierba. Y allí se quedó sin moverse ni respirar, fingiéndose muerto.

El oso lo hurgó con su frío hocico y le gruñó en el oído. Transcurrió algún tiempo, que pareció interminable. Finalmente, el corpulento animal llegó a la conclusión de que aquel hombre estaba muerto y se fue.

El más joven de los dos amigos, sentado a horcajadas sobre la rama, había observado con atención mientras sucedía todo esto, atreviéndose a duras penas a respirar. Cuando el oso desapareció, se dejó caer al suelo.

–¿Qué secreto te murmuró el oso al oído? –preguntó con curiosidad.

–¿El oso? –dijo el mayor de los amigos, cuyo corazón latía aún con violencia–. ¡Oh! Me dijo que me cuidara de hacer amistad con un hombre que lo deja a uno en la estacada a la hora del peligro y no trata de ayudarlo.

Es mejor no frecuentar a quienes no son solidarios.

La tortuga y el águila

a vieja tortuga, mientras se soleaba sobre las lisas y tibias rocas, al borde de la laguna, observaba cómo ascendía repetidas veces hacia las nubes el águila de anchas alas, hasta que sólo era una manchita en el cielo. Al cabo de un instante, el ave bajó en raudo vuelo y se posó sobre una roca próxima.

–¡Hola! –dijo el águila, cordialmente–. ¿Cómo estás?

–Bien. Pero me sentiría muy satisfecha si pudiera volar –respondió la tortuga, exhalando un hondo suspiro–. Estoy harta de arrastrarme por la tierra. ¡Quisiera remontarme por los cielos, como tú!

La prudente ave trató de razonar con ella; pero la tortuga miró las alisadas alas plegadas contra el cuerpo del águila y dijo:

–Enséñame a volar y te daré todos los tesoros que yacen en el fondo de esa laguna.

Entonces, el águila tomó con sus garras a su amiga y se remontó por el azul del cielo. Así volaron muchos kilómetros, a veces a ciegas entre las nubes y, otras, rozando, casi, las copas de los árboles.

—Ya ves cómo se hace —dijo el águila, superando el rumor del viento—. Ahora, vuela tú sola.

Y aflojó las garras, soltando a la tortuga.

Esta giró sobre sí misma muchísimas veces, mientras caía vertiginosamente a tierra. Por fin, se hizo pedazos sobre las rocas, junto a su laguna.

–¡Qué estúpida era esta vieja tortuga! –dijo el águila, desplegando sus grandes alas mientras se disponía a volar de nuevo–. Estaría viva aún si se hubiera contentado con disfrutar de la vida en esta plácida laguna.

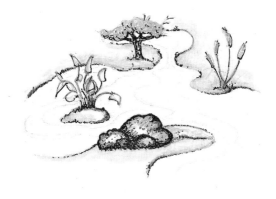

No hay que desear las habilidades que no se pueden tener.

El perro del hortelano

robablemente, lo que más le gustaba al buey era la comida. Si le gustaban más otras cosas, no las recordaba. Además, estaba demasiado atareado: araba durante todo el día, arrancaba los tocones de los árboles o arrastraba una enorme carreta para su amo. Al llegar la noche, se sentía cansado y le dolían los pies, pero, sobre todo, quería cenar.

Al terminar un fatigoso día, cuando sentía más hambre que nunca, tuvo que recorrer cinco largos kilómetros para volver a su casa. Después de beber agua fresca, se arrastró trabajosamente, con toda la rapidez posible, hasta su pesebre. No era glotón. Sólo quería comida suficiente para un buey.

Pero esa noche, apenas metió el hocico en el fragante heno de su pesebre, despertó a un terrible perro que dormía allí, que quiso morderlo. El buey retrocedió, parpadeó con sus pacientes ojos pardos y esperó. Cuando el perro dejó de ladrar y de gruñir y volvió a acostarse, el buey intentó nuevamente mordisquear un poco de heno, esta vez del rincón más alejado del pesebre. Con repentino gruñido, el perro se levantó de un salto y le mordió la blanda nariz.

Ahora bien, el buey siempre había tratado de mostrarse conciliador. Nunca se excitaba, y si aborrecía algo, eran las peleas. Pero el perro estaba tendido sobre su heno y él había mordisqueado lo suficiente para que se le acentuara el apetito. Era un animal de pocas palabras, pero, después de soportar otros diez minutos de salvajes ladridos del perro, decidió que debía decir algo al respecto, algo que los demás cuadrúpedos –y también los bípedos– pudieran recordar con provecho.

–Perro –declaró, con su tono más grave–. No te comprendo muy bien. Si quieres mi cena, estoy dispuesto a compartirla contigo. Pero a los perros no les gusta el heno y tú ni lo comes ni me dejas comerlo. Todo ser que impide que los demás tomen lo que él mismo no puede disfrutar es un bribón y un ente molesto. Además, me estoy sintiendo fastidiado –agregó el buey, con tono más serio aún–. ¡De veras!

Después de haber pronunciado este discurso, retrocedió y bajó con aire amenazador la maciza cabeza. El perro miró sus ojos fulgurantes y salió del pesebre.

–En realidad, yo no me proponía hacerle daño –se dijo el buey, mientras mascaba su heno–. Pero no habría hecho mal en propinarle un par de coces. Todos los que no pueden ver cómo los demás disfrutan de la vida, debieran recibir una buena lección.

El egoísmo no acarrea nada bueno.

El águila y el zorro

n el bosque, todos sabían que el águila y el zorro eran muy amigos. Hasta habían construido sus hogares muy próximos el uno al otro. El águila y su familia tenían su nido en lo alto de una escarpada roca, mientras que, al pie de la misma, el zorro había excavado una madriguera muy cómoda para su mujer y sus cachorros. ¡Oh, sí! ¡Eran unos vecinos magníficos! Los traviesos cachorros del zorro, dados a retozar, se divertían mucho viendo cómo el águila de anchas alas bajaba hasta su alborotadora prole, para darle el alimento que le traía en sus garras. Pero esa noche, cuando el sol se escondía detrás del gran olmo del bosque, el águila bajó hacia tierra con lentitud. Había registrado todo el bosque, descendiendo hasta muy cerca de los árboles, sin hallar cena. Sus garras estaban vacías, y sus hijos tenían hambre. Al divisar a los traviesos zorritos que retozaban abajo, el gran pájaro des-

cendió súbitamente hasta el pie de la roca, aferró a uno de los pequeñuelos, que se retorcía entre sus garras, y se lo llevó a su nido.

¡Sus hermanos se sintieron horrorizados, y su madre, furiosa! Pero el águila, segura de que su nido estaba a demasiada altura para que el zorro lo alcanzara, hizo oídos sordos a sus gritos. Triunfalmente, llevó el aterrorizado cachorro a sus hijos que chillaban, y observó cómo se abrían de par en par sus picos.

Pero el zorro no se había quedado mirando todo esto con aire impasible. Asiendo una rama que ardía en su hoguera, la arrojó a lo alto de la roca. De inmediato, la seca hierba y las ramas del nido del águila se incendiaron.

En medio de la alarma general, el cachorro salió arrastrándose del nido y bajó dando tumbos por la roca. Cuando llegó abajo, su madre tendió las patas y lo tomó amorosamente para reintegrarlo a su cueva.

–Podrás desdeñar los gritos de aquellos a quienes agravias –dijo, airado, el zorro a su amigo de antaño–, pero no protegerte de la venganza.

Por más grande que sea una necesidad, jamás hay que hacer daño a un amigo, pues esto trae sus consecuencias.

Las ranas y los niños

omo una lluvia de balas, las piedras caían con violencia sobre las pequeñas ranas que se soleaban sobre las hojas de los nenúfares que flotaban en el estanque. Los animalitos se sumergían con rapidez o se ocultaban en el barro, para huir de los terribles golpes. Pero los niños, empeñados en aquella travesura, arrojaban una piedra tras otra, y los romos proyectiles cruzaban los aires zumbando.

–¡Deténganse! ¡Deténganse! –suplicó una de las ranas, mientras saltaba a buena altura sobre un nenúfar, para eludir una piedra que volaba–. ¡Deténganse! ¡Nos están hiriendo! ¿No lo comprenden?

Pero los niños seguían riéndose, dedicados en cuerpo y alma a aquella diversión.

El granjero, que apareció en aquel preciso instante, vio lo que sucedía y, recogiendo un puñado de piedras, comenzó a apedrear a los niños, con tiros bien dirigidos. Cuando las piedras lastimaron sus desnudas piernas, los niños se echaron a llorar de dolor y suplicaron al granjero que no les tirara más.

–¿Por qué he de detenerme? –replicó él–. ¿Se detuvieron ustedes cuando apedreaban a las ranas?

No hay que olvidar que lo que divierte a unos puede causar dolor a otros.

El león y sus consejeros

abía una vez un león, que nunca se había distinguido por su buen carácter, que se encontró con un zorrino pendenciero y maligno. El zorrino nunca había perdido una disputa con cualquier animal del bosque, y los lobos, los osos y los leones no lo asustaban en lo más mínimo. En realidad, se había vuelto tan temerario e insolente que vagabundeaba por los bosques buscando pendencia.

El día en que se encontró con el león, sólo habían cambiado tres frases cuando ambos perdieron los estribos. Entonces, el león, sin pensarlo dos veces, alzó la pata para golpear al mal educado zorrino y hacerlo caer a través de unas zarzas. Pero no alcanzó a golpearlo. Antes de que el rey de la selva pudiera ponerle la zarpa encima, el zorrino lanzó su contraataque en la forma habitual de estos animales. Casi empapado y cegado, el león se alejó, oliendo de manera

horrible. Estaba tan avergonzado de sí mismo que no fue a su casa durante tres días. Y aún así, resultó demasiado pronto.

La mañana en que volvió, su compañera soportó aquel olor todo lo posible. Por fin, tapándose la nariz con una pata, se desahogó.

–¿Por qué no vas a cazar un elefante... o a visitar a tu madre? –insinuó–. Todo el cubil huele horriblemente.

Luego miró al león y agregó:

–Además, ya te he dicho repetidas veces que no debes pelear con zorrinos. Nunca has podido aventajar a ninguno de ellos.

El león meneó furiosamente la cola.

–¡Soy el Rey de los Animales! –replicó con enojo. Y para probarlo, profirió varios sonoros rugidos.

Ahora, su compañera se cubría la nariz con ambas patas. Con una mirada de ira a su mujer, el león salió corriendo de su cubil en un imponente acceso de furor.

Cuando estaba en dificultades, acostumbraba visitar a tres animales para pedirles consejo. Esta vez, llamó al oso, al lobo y al zorro.

–Amigo Oso –dijo–. ¿Te parece que huelo de manera desagradable?

Como suponía que el león quería una respuesta franca, el oso dijo lo que le parecía cierto:

–Amigo León... Me duele tener que decírtelo, pero el caso es que... realmente hueles muy mal. Para mí, el olor...

Pero ésta fue la última palabra que dijo. El enfurecido león se abalanzó sobre él y lo destrozó.

–¿Y tú Lobo? –dijo–. ¿Qué opinas? Tú tienes buen olfato.

El lobo, que no necesitaba estímulos para que se le ocurriera una buena idea, habló con rapidez. Estaba seguro de saber qué quería oír el león.

–Majestad... –comenzó, con tono almibarado–. Cuando estoy parado cerca de ti, pienso en las madreselvas y las rosas. Hasta sin tu fuerza y tu astucia, nos seguirías gobernando a causa de la delicada fragancia…

El león no pudo soportar esto y mató al lobo en el acto, porque comprendió que era un estúpido adulador. Sólo quedaba el zorro, y el león, mirándolo con aire sombrío, preguntó por tercera vez:

—Habla, amigo Zorro —ordenó—. ¿Hay un olor desagradable a mi alrededor?

Un repentino acceso de tos le impidió al zorro contestar inmediatamente. Luego, después de carraspear, contestó, con voz ronca:

—Es una lástima que yo no pueda ayudarte —dijo—. Lo cierto es que estoy tan resfriado que no logro oler nada.

Cuando es peligroso hablar, lo más prudente es callar.

121
El león y sus consejeros

El león y la cabra

La vieja cabra daba cabriolas metida en una piel de león, en la que se había envuelto cuidadosamente. Lisonjeaba su vanidad el ver como las dulces ovejas huían a las praderas, presas de terror, y las ardillas trepaban a las ramas más altas de los árboles, chillando con enojo. Hasta el zorro se ocultó en su madriguera, observando cautelosamente con sus relucientes ojos.

–¡Los he engañado a todos! –dijo con alegría la cabra, y dio una voltereta de contento.

¡Qué astuta era!

Pero, de pronto, hubo gran alboroto en el bosque cercano, y un imponente león penetró en el claro. Durante un instante, el gran rey de la selva permaneció inmóvil, observando las cabriolas de la pequeña cabra, que seguía dando saltos…, tan complacida de sí misma que no veía lo que pasaba a su alrededor.

Esopo

El león resopló pesadamente y abrió sus mandíbulas, que parecían una caverna. Sus dientes brillaban cruelmente, y su lengua se paseaba sobre sus quijadas. Luego, lanzó un bramido ensordecedor.

La cabra dio un salto y, dejando caer su disfraz, se alejó corriendo hacia los bosques, presa de indescriptible pánico. Y todos los animales pequeños rieron ruidosamente. El falso león no lograba impresionarlos, cuando estaba allí el auténtico.

El que finge ser poderoso, cuando tiene que serlo se vuelve débil.

El zorro y la gallina

l zorro enderezó la oreja y escuchó con atención el lento y uniforme respirar del perro del granjero, que dormía tendido en el suelo. Luego, sobre sus suaves patas, se arrastró hacia la puerta del gallinero, deteniéndose ansiosamente, de vez en cuando, para escuchar. Por fin, atravesó una pequeña abertura que había cerca del suelo y penetró al oscuro interior.

Sus ojos de penetrante mirada advirtieron a la gallinita roja, encaramada sobre una percha, fuera de su alcance.

–Prima gallina –dijo, con su tono más almibarado–. He encontrado unas pepitas deliciosas para ti. ¿No quieres venir a verlas?

Pero la gallina era un ave vieja y prudente. Había visto caer a demasiados pollos tontos en las garras del taimado animal. Por lo tanto, irguió la cabeza y cacareó:

–Ahora no tengo hambre. Gracias.

El zorro meditó un instante.

–Querida gallinita –dijo con dulzura–. Oí decir que estabas enferma y he venido a preguntar cómo estás. Ven y te tomaré el pulso.

Pero la gallina seguía siendo demasiado prudente para él.

–Es cierto que no me siento bien –reconoció–. ¡Pero estoy segura de que moriría si bajara de esta cómoda percha.

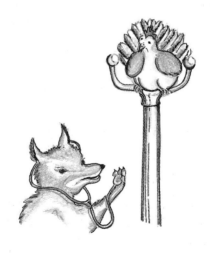

Hay que aprender con el ejemplo de los otros.

El lobo y el cordero

 l solitario lobo había estado sufriendo hambre y sed durante todo el día. Por fin, llegó a un arroyo y bebió con avidez. Mientras lamía el agua límpida y fresca, se preguntó dónde y cuándo podría conseguir su cena, algo que lo llenara, pero, si era posible, que también fuese sabroso. Un par de conejos le servirían, desde luego; o quizá un pavo joven y gordo. Lo mejor habría sido un cordero, un cordero hermoso y tierno. Los finos labios del lobo se contrajeron vorazmente, con sólo pensarlo.

Un repentino ruido lo sobresaltó. Al mirar, le costó dar crédito a sus ojos, porque a unos pocos pasos estaba exactamente el alimento con que soñaba. El más incitante y delicioso de los corderitos que hubiera podido imaginar un lobo vadeaba inocentemente el arroyo, a tres o cuatro saltos de allí. Si el corderito lo hubiese mirado en ese instante y hubiera visto sus dos filas de brillantes dientes, quizá hasta hubiese podido

creer que el lobo le sonreía. Pero esto habría sido un lamentable error. Y un error que el cordero no cometió. Al oír las primeras palabras del lobo, empezó a temblar. No sabía que el lobo estaba allí.

—¡Ajá! ¡Miserable animalito! —gruñó el lobo—. Conque es eso lo que haces... ¿eh? Estás revolviendo y ensuciando el agua que quiero beber...

—¡Oh, no; de veras que no! —gimió el corderito, con su aguda vocecita—. ¿Cómo podría revolver el agua que bebes, si estoy tan lejos de ti?

—¡No discutas conmigo! —replicó con tono brusco el lobo—. Ahora, ya veo quién eres. Eres el malévolo animalito que dijo habladurías y desagradables mentiras sobre mí, hace un año.

Las delgadas patas del cordero temblaron, mientras trataba de responder.

–¡Oh, no, señor! ¡Usted debe estar equivocado –replicó–. Yo no pude haber dicho esas cosas tan poco cordiales sobre usted, porque entonces aún no había nacido.

Los inexorables ojos del lobo se contrajeron y se acercó más al corderito.

–De nada te servirá balar estúpidas excusas –dijo con aspereza–. Si tú no mentiste sobre mí, fue tu indigno padre. De todos modos, la culpa la tiene tu familia.

–Pero, por favor, buen señor Lobo –continuó con voz lastimera el corderito–. Supongo que usted no...

–¿Que no? –gritó el lobo, acercándose más aún–. Y, de cualquier modo... ¿cómo te permites tratar de disuadirme para que no te emplee como cena?

Y después de decir estas palabras –porque un matón siempre usa cualquier pretexto para conseguir lo que quiere–, dio dos grandes saltos y, cayendo sobre el corderito, lo mató de inmediato.

A veces más vale alejarse que enfrascarse en discusiones inútiles.

El perro que perdió su hueso

l viejo perro sujetaba con firmeza su grande y carnoso hueso entre las mandíbulas y empezó a cruzar el angosto puente que llevaba al otro lado del arroyo. No había llegado muy lejos cuando miró y vio lo que parecía ser otro perro en el agua, allá abajo. Y, cosa extraña, aquel perro también llevaba un enorme hueso.

No satisfecho con su excelente cena, el perro, que era voraz, decidió que podía, quizá, tener ambos huesos. Entonces, gruñó y lanzó

un amenazador ladrido al perro del agua y, al hacerlo, dejó caer su propio hueso en el denso barro del fondo del arroyo. Cuando el hueso cayó, con un chapoteo, el segundo perro desapareció..., porque, desde luego, sólo era un reflejo.

Melancólicamente, el pobre animal vio cómo se esfumaban los rizos del agua y luego, con el rabo entre las patas, volvió a su casa hambriento. ¡Estúpido! Había soltado algo que era real, por tratar de conseguir lo que sólo era una sombra.

No hay que permitir que la ambición
nos haga perder lo que poseemos.

El gallo y el zorro

na bella mañana al salir el sol, un zorro que se paseaba por el campo bus-
cándose el desayuno oyó cantar a lo
lejos un gallo. Se detuvo de manera
tan repentina como si hubiera sido herido de
muerte.

–¡Ajá! –se dijo en voz baja, mientras escudri-
ñaba la lejanía– ¿Dónde estará ese gallo?

Al cabo de un instante, sus dudas quedaron
desvanecidas. El gallo vivía en un corral por el
cual él había pasado docenas de veces. El solo
recuerdo de sus gordas gallinas, sus gansos y sus
patos le hizo tragar saliva vorazmente. Pero, en
seguida, meneó la cola, malhumorado. Había
estado describiendo círculos alrededor del corral, noche tras noche, pero se hallaba cercado
de manera tan sólida, que ni el más hambriento
y astuto de los zorros podría entrar allí.

–Creo que le echaré otra miradita, de todos
modos –decidió–. ¡Por si acaso!

Bajó al trote una herbosa colina, cruzó un
sonoro arroyuelo y, por fin, se acurrucó a la
sombra del plátano que estaba junto a la cerca.
El corral estaba justamente enfrente de él. Cuando se disponía a acercarse más, el gallo volvió a
cantar. Un escalofrío de deleite recorrió el lomo
del zorro. Porque el gallo no estaba en el corral,
sino encaramado sobre una rama en lo alto,
fuera de su alcance, es cierto, pero no por mucho tiempo, se dijo el zorro. El zorro que fuera
incapaz de hacer bajar con zalamerías a un estúpido gallo de un plátano no merecía almorzar
esa sabrosa carne. Y sin perder un instante más,
empezó a hablar:

–¡Vamos! Pero… ¡si es mi amigo más querido! –le gritó al gallo–. ¡Es el encuentro más grato
que habría podido concebir! Baja…, baja inmediatamente y saludémonos como deben hacerlo
dos buenos amigos.

–Lo haría con gusto –dijo el gallo–. Pero hay
una dificultad. Existen ciertos animales cuadrúpedos que matan a los gallos y a las gallinas, y si
me comieran, no me lo perdonaría nunca.

–¡Las cosas que se te ocurren! –exclamó el
zorro–. Sin duda, estarás enterado de la buena
noticia. ¿Será posible que no lo sepas? Desde
ahora, todos los animales serán amigos del alma
y vivirán juntos en paz. Conque baja, primo Gallo, y celebremos como buencs amigos este día
feliz.

El gallo estaba preocupado. Para poder regresar a la granja, tendría que bajar a tierra. ¿Y si
el zorro seguía aún allí…

Pero distaba de estar perdido. Antes de contestar, se estiró y, parándose sobre las puntas de
los dedos de sus pies, escudriñó la colina próxima. Nada dijo, pero tendía el pescuezo lo más
lejos posible.

El zorro, que era tan curioso como taimado,
no se conformó con ignorar lo que pasaba.

–¿Qué demonios estás mirando?

–¡Oh, nada! Nada que pueda preocuparte –dijo el gallo–. Sólo veo a un par de sabuesos que bajan corriendo por esa pendiente. Parecen venir hacia aquí. ¡Dios mío! ¡Con que rapidez corren!

El zorro se levantó inmediatamente.

–¡Oh! –exclamó– ¡Qué memoria pésima la mía! Prometí ir esta mañana a cazar conejos con…, este…, quiero decir…, prometí ir a visitar a un sobrino. Lo siento.

–Espera un momento –dijo el gallo, saltando a una rama que estaba más abajo–. Bajaré a tierra dentro de un instante y podremos conversar amistosamente.

Pero el zorro estudiaba ya la dirección en que podría huir.

–Supongo que no tendrás miedo a los sabuesos, después del plan de paz de que me hablaste –dijo el gallo.

–¡Claro que no! –replicó el zorro, mientras se alejaba saltando–. Pero quizá esos animales no hayan oído hablar de él todavía.

–En realidad, los zorros son estúpidos –se dijo el gallo, acicalándose el plumaje–. Eso es lo que ha conseguido éste, por desdeñar la inteligencia de nuestra especie.

No hay que despreciar la capacidad de astucia de los demás.

El gato y los ratones

ierto gato cazaba muchos ratones; pero éstos, al fin más precavidos, determinaron no salir de sus madrigueras y estarse siempre donde no pudiese alcanzarlos su incansable enemigo. No desmayó por esto el gato, sino que, fingiéndose muerto, se colgó por los pies de un madero que había en la pared.

–Es inútil que te hagas el muerto –le dijo un ratón asomándose por un agujero– porque conozco tus mañas, de manera que no pienso moverme de aquí.

La persona prudente podrá ser engañada una vez, pero luego desconfía de falsas palabras.

El vaquero y el león

n vaquero, habiendo ofrecido al dios Júpiter el sacrificio de un cabrito, si hallaba el sitio en donde algún ladrón había escondido el becerro que le faltaba, vio, por entre los árboles del bosque inmediato, a un león que lo estaba devorando y, lleno de terror, exclamó tembloroso:

–¡Oh altísimo Júpiter! Te había ofrecido un cabrito si me concedías la gracia de que descubriese al que había robado el becerro, pero ahora prometo sacrificarte un toro si escapo de las garras del león.

A veces se es todavía más desgraciado
con el mismo bien que se desea.

El viejo perro de caza

ierto perro de caza, que había trabajado mucho durante largos años, se volvió viejo y achacoso.

Durante una batida de ciervos, le sucedió que fue el primero en dar alcance a uno de ellos: hizo presa en una pata del animal, pero sus débiles dientes no pudieron sujetarlo bien, y el ciervo logró escapar.

El amo, encolerizado por ello, se puso a golpear al perro con el látigo.

El pobre can le dijo entonces con acento dolorido:

–Señor, no golpee a su antiguo servidor: yo de buena gana le serviría como antes, pero me faltan fuerzas. Si ahora no le soy de gran utilidad, no olvide cuántos servicios le he prestado.

No despreciemos a los ancianos por su falta de energía.
Acordémonos de cuán excelentes trabajos realizaron
mientras tuvieron vigor.

El asno descontento

n cierto día muy crudo del invierno ansiaba un asno la vuelta de la templada primavera, porque en ésta rumiaba fresca hierba, en vez de la seca paja que le daban en una húmeda cuadra durante el riguroso invierno.

Poco a poco llegó el buen tiempo y con él la hierba verde en abundancia; pero era tanto lo que el pobre jumento tenía que trabajar, que no tardó en cansarse de la primavera y anhelaba la venida del verano. Cuando, al fin, se le cumplió su deseo, vio el asno que su condición no había mejorado, pues tenía que ir cargado de heno y hortalizas todo el día, sufriendo el rigor de los grandes calores.

No le quedó, pues, sino desear la llegada del otoño, pero en él era tan duro su trabajo de llevar costales de trigo, cestos de manzanas, cargas de leña y otras provisiones para el invierno, que el insatisfecho asno empezó a suspirar por esta estación, en la cual, por lo menos, podía descansar, aunque su ración no fuese tan abundante y sabrosa.

Hay que contentarse con lo que se posee recordando que siempre hay quienes sufren más privaciones.

Las gallinas gordas y las flacas

Vivían en cierto tiempo en un corral varias gallinas. Unas estaban gordas y bien cebadas; otras, por el contrario, desmedradas y flacas; se burlaban las primeras de las últimas, llamándolas esqueletos, famélicas y otros insultos.

Mas he aquí que un día, debiendo preparar el cocinero de la casa algunos platos para la cena, bajó al patio a elegir las mejores aves. La elección no fue dudosa. Entonces, viendo las gallinas gordas su fatal destino, envidiaron a sus flacas compañeras.

No se debe despreciar a los débiles y pequeños, quizá presten más útiles servicios que los fuertes y grandes.

Esopo

El cazador de aves

cercándose con sigilo un cazador a una paloma, para apresarla en la red que tenía tendida, pisó inadvertidamente a una víbora, que lo mordió y le causó la muerte con su veneno.

—¡Infeliz de mí —exclamó el hombre al morir— que, queriendo cazar a uno, recibo la muerte de otro!

Muchos perecen en los mismos lazos
que han tendido para hacer perecer a otros.

El tigre y el cazador

iendo las fieras perseguidas por un cazador muy hábil, huían todas atemorizadas. El tigre, sin embargo, quiso darles ánimos, y les dijo que procurasen defenderse tal como él iba a hacerlo. De poco le sirvió su valentía, pues el cazador lo hirió de muerte.

Viendo la zorra que el tigre huía derramando sangre, le preguntó cómo estaba tan mal parado.

—No sé quién me ha herido —contestó el tigre—, pero reconozco que mi herida ha sido hecha por uno que puede más que yo.

Los fuertes muchas veces se baten con temeridad, pero a menudo pueden aún más que ellos el arte y el ingenio.

La gata, el águila y la cerda

n lo alto de una vieja encina, un águila criaba a sus polluelos. En el agujero en medio del tronco vivía una gata con sus pequeños, y en un hoyo al pie del árbol habitaba una cerda con sus lechoncillos.

Un día, la gata trepó hasta el nido del águila y le habló de esta manera:

–Vecina, amiga mía, estás en gran peligro. Esa asquerosa puerca que vive ahí abajo no hace otra cosa sino escarbar y roer las raíces del árbol para hacerlo caer y devorar vuestros aguiluchos. Hagan lo que quieran; yo por mi parte, me quedaré en casa vigilando a esa odiosa bestia.

Dicho esto, desapareció la gata, dejando al águila toda asustada, y de un salto se presentó delante de la cerda.

–Señora –le dijo–, supongo que no le dará por salir hoy.

–¿Y por qué no? –le preguntó la cerda.

–¡Oh! –replicó astutamente la gata–, he oído cómo el águila prometía a sus hijuelos un lechoncillo para comer la primera vez que usted salga de casa, y he venido a avisarle. No me puedo detener más, me vuelvo a mi casa, pues bien le pudiera dar a esa águila rapaz por arrebatarme alguno de mis gatitos.

Desde entonces la gata salía siempre de noche en busca de comida, de modo que tanto el águila como la cerda pensaban que siempre estaba atenta a velar por sus hijos. Naturalmente, ellas no osaron tampoco moverse de casa, y así acabaron por morir de hambre con sus hijitos y fueron fácil presa de la gata y de sus hijos, los gatitos.

No hay que fiarse de los embusteros.

El lobo y el cabrito

Cierto día, habiendo visto un lobo a un cabrito que correteaba por unos campos distantes de su aprisco, se lanzó en su persecución. Lo vio el cabrito y apretó a correr cuanto pudo; pero sintiéndose casi alcanzado por el lobo, se detuvo y le dijo:

–Señor lobo, veo que de nada me vale correr y que me va a devorar: sólo le pido un favor antes de morir, y es que alegre mis últimos instantes tocando la gaita; y yo bailaré.

147

Lo hizo así el lobo, y danzó el cabrito alegremente, yendo y viniendo por el campo. La música atrajo a unos perros de una granja vecina, que pusieron al lobo en precipitada fuga.

Cuando tras larga carrera se vio éste a salvo en un bosque, reflexionó amargamente:

"Este es el resultado de meterme donde no me llaman. Debí haber hecho de matarife y no de gaitero".

Es mejor no hacer aquello que no nos corresponde.

El asno y Júpiter

enía un hortelano un asno que, cansado de llevar hortalizas al mercado un día tras otro, rogó a Júpiter le concediese otro dueño.

Escuchó Júpiter sus súplicas y así le dio por dueño a un tejero, el cual lo hacía ir a diario a un pueblo con una gran carga de tejas.

Hallando el pobre jumento esta tarea mucho más pesada que la primera, suplicó de nuevo a Júpiter le mudara otra vez de amo. Esta vez entró al servicio de un curtidor, quien lo trató con más dureza y crueldad que el hortelano y el tejero.

Cuando el asno quiso volver a su primer amo, era ya demasiado tarde.

A veces sólo apreciamos lo que tenemos al perderlo.

Las avispas y el tarro de miel

n hombre colgó un día de un árbol de su jardín un tarro con un poco de miel. Volaban alrededor muchas avispas, las cuales querían entrar en el tarro para gustar el contenido. Pero una vez dentro quedaron pegadas a la miel; poquísimas lograron escapar del tarro, donde murieron todas las demás compañeras.

Si adquirimos malos hábitos
difícilmente nos vamos a deshacer de ellos.

Esopo

El adivino

staba un adivino en la plaza diciendo la buenaventura, cuando le comunicaron que acababan de abrir las puertas de su casa y le habían robado cuanto había en ella. Tan pronto como lo oyó, echó a correr hacia su morada, y al verlo uno, le dijo:

–¿Ofreces adivinar la suerte de los demás y no has adivinado la tuya?

Son muchos los que no saben manejar sus propios negocios, y, sin embargo, dan consejos a los demás.

Iriarte

El papagayo, el tordo y la urraca

 yendo un tordo hablar a un papagayo
quiso que él, y no el hombre, le enseñara;
y con sólo un ensayo
creyó tener pronunciación tan clara,
que en ciertas ocasiones
a una urraca daba ya lecciones.
Así, salió tan diestra la urraca
como aquel que al estudio se dedica
por copias y por malas traducciones.

Es mediocre el resultado de un estudio con copias y
malas traducciones.

El burro flautista

sta fabulilla,
salga bien o mal,
me ha ocurrido ahora
por casualidad.
Cerca de unos prados
que hay en mi lugar,
pasaba un borrico
por casualidad.
Una flauta en ellos
halló, que un zagal
dejó olvidada
por casualidad.
Acercóse a olerla
el dicho animal,
y dio un resoplido
por casualidad.
En la flauta el aire
se hubo de colar,
y sonó la flauta
por casualidad.

"¡Oh! –dijo el borrico–:
¡Qué bien sé tocar!
¡Y dirán que es mala
la música asnal!".
Sin reglas del arte,
borriquitos hay
que una vez aciertan
por casualidad.

Sin reglas del arte, el que en algo acierta, acierta por casualidad.

La urraca y la mona

 una mona
muy taimada
dijo un día
cierta urraca:
"Si vinieras
a mi casa,
¡cuántas cosas
te enseñara!
Tú bien sabes
con qué maña
robo y guardo
mil alhajas.
Ven, si quieres,
y veráslas
escondidas
tras de un arca".
La otra dijo:
"Vaya en gracia".
Y al paraje
le acompaña.

Fue sacando
Doña Urraca
una liga
colorada,
un tontillo
de casaca,
una hebilla,
dos medallas,
la contera
de una espada,
medio peine
y una vaina
de tijeras,
una gasa,
un mal cabo
de navaja,
tres clavijas
de guitarra
y otras muchas
zarandajas.
"¿Qué tal? –dijo–.
Vaya, hermana.
¿No me envidias?
¿No te pasmas?
A fe que otra
de mi casta

en riqueza
no me iguala".
Nuestra mona
la miraba
con un gesto
de bellaca;
y al fin dijo:
"¡Patarata!
Has juntado
lindas maulas.
Aquí tienes
quien te gana,
porque es útil
lo que guarda.
Si no, mira
mis quijadas.
Bajo de ellas,
camarada,
hay dos buches
o papadas,
que se encogen
y se ensanchan.
Como aquello
que me basta,
y el sobrante
guardo en ambas

para cuando
me haga falta.
Tú amontonas,
mentecata,
trapos viejos
y morralla,
mas yo, nueces,
avellanas,
dulces, carne
y otras cuantas
provisiones
necesarias".
Y esta mona
redomada,
¿habló sólo
con la urraca?

Me parece que más hablo con algunos que hacen gala de
confusas misceláneas, y fárrago sin sustancia.

El ratón y el gato

uvo Esopo famosas ocurrencias.
¡Qué invención tan sencilla! ¡Qué
[sentencias!
He de poner, pues que la tenga a mano,
una fábula suya en castellano:
"Cierto", dijo un ratón en su agujero,
"no hay prenda más amable y estupenda
que la fidelidad: por eso quiero
tan de veras al perro perdiguero".
Un gato replicó: "Pues esa prenda
yo la tengo también…". Aquí se asusta
mi buen ratón, se esconde,
y torciendo el hocico, le responde:
"¿Cómo? ¿La tienes tú? Ya no me gusta".
La alabanza que muchos creen justa,
injusta les parece
si ven que su contrario la merece.
"¿Qué tal, señor lector? La fabulilla
puede ser que le agrade y que le instruya".

"Es una maravilla;
dijo Esopo una cosa como suya".
"Pues mire usted: Esopo no la ha escrito,
salió de mi cabeza". "¿Conque es tuya?"
"Sí, señor erudito:
ya que antes tan feliz le parecía,
critíquemela ahora porque es mía".

Hay que apreciar las obras no por la fama de sus
autores, sino por el valor de la obra misma.

El asno y su amo

iempre acostumbra hacer el vulgo necio
de lo bueno y lo malo igual aprecio:
yo le doy lo peor, que es lo que alaba".
De este modo sus yerros disculpaba
un escritor de farsas indecentes;
y un taimado poeta que lo oía,
le respondió en los términos siguientes:

"Al humilde jumento
su dueño daba paja, y le decía:
'Toma, pues que con eso estás contento'.
Díjolo tantas veces que un día
se enfadó el asno, y replicó: 'Yo tomo
lo que me quieras dar, pero, hombre injusto,
¿piensas que sólo de la paja gusto?
Dame grano y verás si me lo como'.
Sepa quien para el público trabaja,
que tal vez a la plebe culpa en vano,
pues si en dándole paja, come paja,
siempre que le dan grano, come grano".

---

*Se equivocan quienes creen que al público sólo le gusta
lo mediocre.*

El pedernal y el eslabón

l eslabón de cruel
trató el pedernal un día,
porque a menudo lo hería
para sacar chispas de él.
Riñendo éste con aquél,
al separarse los dos,
"Quedaos, dijo, con Dios.
¿Valéis, vos algo sin mí?"
Y el otro responde: "Sí,
lo que sin mí valéis vos".

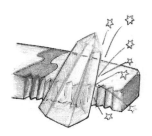

Este ejemplo material
todo escritor considere
que al largo estudio no uniere
el talento natural:
ni da lumbre el pedernal
sin auxilio de eslabón,
ni hay buena disposición
que luzca faltando el arte.
Si obra cada cual aparte,
ambos inútiles son.

De nada vale el talento sin la dedicación y viceversa.

El elefante y otros animales

llá en tiempos de entonces,
y en tierras muy remotas,
cuando hablaban los brutos
su cierta jerigonza,
notó el sabio elefante
que entre ellos era moda
incurrir en abusos
dignos de gran reforma.
Afeárselos quiere,
y a este fin los convoca.
Hace una reverencia
a todos con la trompa,
y empieza a persuadirlos
en una arenga docta
que para aquel intento
estudió de memoria.
Abominando estuvo
por más de un cuarto de hora
mil ridículas faltas,
mil costumbres viciosas:

la nociva pereza,
la afectada bambolla,
la arrogante ignorancia,
la envidia maliciosa.
Gustosos en extremo
y abriendo tanta boca,
sus consejos oían
muchos de aquella tropa.
El cordero inocente,
la siempre fiel paloma,
el leal perdiguero,
la abeja artificiosa,
el caballo obediente,
la hormiga afanadora,
el hábil jilguerillo,
la simple mariposa.
Pero del auditorio,
otra porción no corta,
ofendida, no pudo
sufrir tanta parola.
El tigre, el rapaz lobo,
contra el censor se enojan,
¡Qué de injurias vomita
la sierpe venenosa!
Murmuran por lo bajo,
zumbando en voces roncas,

el zángano, la avispa,
el tábano y la mosca.
Sálense del concurso,
por no escuchar sus glorias,
el cigarrón dañino,
la oruga y la langosta.
La garduña se esconde,
disimula la zorra,
y el insolente mono
hace de todos mofa.
Estaba el elefante
viéndolo con pachorra,
y su razonamiento
concluyó de esta forma:

169

"A todos y a ninguno
mis advertencias tocan:
quien las siente, se culpa;
el que no, que las oiga".
Quien mis Fábulas lea,
sepa también que todas
hablan a mil naciones,
no sólo a la española.
Ni de estos tiempos hablan,
porque defectos notan
que hubo en el mundo siempre,
como los hay ahora.
Y pues no vituperan
señaladas personas,
quien haga aplicaciones
con su pan se lo coma.

*Aquellos que se creen sin defectos
tienen mucho que aprender de las fábulas.*

El oso, la mona y el cerdo

n oso con que la vida
ganaba un piamontés,
la no muy bien aprendida
danza ensayaba en dos pies.
Queriendo hacer de persona,
dijo a una mona: "¿Qué tal?"
Era perita la mona,
y respondióle: "Muy mal".
"Yo creo –replicó el oso–
que me haces poco favor.
¡Pues qué! ¿Mi aire no es garboso?
¿No hago el paso con primor?"
Estaba el cerdo presente,
y dijo: "¡Bravo! ¡Bien va!
Bailarín más excelente
no se ha visto ni verá".
Echó el oso, al oír esto,
sus cuentas allá entre sí,
y con ademán modesto
hubo de exclamar así:

"Cuando me desaprobaba
la mona, llegué a dudar;
mas ya que el cerdo me alaba,
muy mal debo de bailar".
Guarde para su regalo
esta sentencia un autor:
si el sabio no aprueba, malo;
si el necio aplaude, peor.

*Nunca una obra se acredita tanto de mala como cuando
la aplauden los necios.*

El gusano de seda y la araña

rabajando un gusano su capullo,
la araña, que tejía a toda prisa,
de esta suerte le habló con falsa risa,
muy propia de su orgullo:
"¿Qué dice de tal tela el señor gusano?
Esta mañana la empecé temprano,
y ya estará acabada al mediodía.
¡Mire qué sutil es, mire qué bella!…"
El gusano con sorna respondía:
"Usted tiene razón; así sale ella".

*Se ha de considerar la calidad de la obra, y no el
tiempo que se ha tardado en hacerla.*

El buey y la cigarra

 rando estaba el buey, y a poco trecho
la cigarra, cantando, le decía:
"¡Ay, ay! ¡Qué surco tan torcido has
hecho!"
Pero él le respondió: "Señora mía,
si no estuviera lo demás derecho,
usted no conociera lo torcido.
Calle, pues, la haragana reparona:
que a mi amo sirvo bien, y él me perdona
entre tantos aciertos un descuido".
¡Miren quién hizo a quién cargo tan fútil!

¡Una cigarra al animal más útil!
Mas ¿si me habrá entendido
el que a tachar se atreve
en obras grandes un defecto leve?

Muy necio y envidioso es quien afea un pequeño
descuido en una obra grande.

La oruga y la zorra

i se acuerda el lector de la tertulia
en que en presencia de animales varios
la zorra adivinó por qué se daban
elogios avestruz y dromedario,
sepa que en la mismísima tertulia
un día se trataba del gusano
artífice ingenioso de la seda,
y todos ponderaban su trabajo.
Para muestra presentan un capullo:
examínanle, crecen los aplausos,
y aun el topo, con todo que es un ciego,
confesó que el capullo era un milagro.
Desde un rincón la oruga murmuraba
en ofensivos términos, llamando
la labor admirable, friolera,
y a sus elogiadores, mentecatos.
Preguntábanse, pues, unos a otros:
"¿Por qué este miserable gusarapo
el único ha de ser quien vitupere
lo que todos acordes alabamos?"

Saltó la zorra y dijo: "¡Pese a mi alma!
El motivo no puede estar más claro.
¿No sabéis, compañeros, que la oruga
también labra capullos, aunque malos?"
Laboriosos ingenios perseguidos,
¿queréis un buen consejo? Pues cuidado.
Cuando os provoquen ciertos envidiosos,
no hagáis más que contarles este caso.

*Los mediocres en su trabajo tratan inútilmente de
opacar el trabajo de los buenos.*

La rana y la gallina

Desde su charco una parlera rana
oyó cacarear a una gallina.
"Vaya, le dijo: no creyera, hermana,
que fueras tan incómoda vecina.
Y con toda esa bulla ¿qué hay de nuevo?"
"Nada, sino anunciar que pongo un huevo".
"¿Un huevo solo? ¡Y alborotas tanto!"
"Un huevo solo; sí, señora mía.
¿Te espantas de eso cuando no me espanto
de oírte cómo graznas noche y día?
Yo, porque sirvo de algo, lo publico;
tú, que de nada sirves, calla el pico".

Al que trabaja algo, puede disimulársele lo que pregone;
el que nada hace debe callar.

La abeja y los zánganos

A tratar de un gravísimo negocio
se juntaron los Zánganos un día.
Cada cual varios medios discurría
para disimular su inútil ocio;
y por librarse de tan fea nota
a vista de los otros animales,
aun el más perezoso y más idiota
quería, bien o mal, hacer panales.
Mas como el trabajar les era duro,
y el enjambre inexperto
no estaba muy seguro
de rematar la empresa con acierto,
intentaron salir de aquel apuro
con acudir a una colmena vieja,
y sacar el cadáver de una Abeja
muy hábil en su tiempo y laboriosa;
hacerle, con la pompa más honrosa,
unas grandes exequias funerales,
y susurrar elogios inmortales
de lo ingeniosa que era

en labrar dulce miel y blanca cera.
Con esto se alababan tan ufanos,
que una Abeja les dijo por despique:
"¿No trabajáis más que eso? Pues, hermanos,
jamás equivaldrá vuestro zumbido
a una gota de miel que yo fabrique".
¡Cuántos pasar por sabios han querido
con citar a los muertos que lo han sido!
¡Y qué pomposamente que los citan!
Mas pregunto yo ahora: ¿los imitan?

Fácilmente se luce con citar y elogiar a los hombres
grandes de la antigüedad; el mérito está en imitarlos.

El mono y el titiritero

l fidedigno padre Valdecebro,
que en discurrir historias de animales
se calentó el cerebro,
pintándolos con pelos y señales;
que en estilo encumbrado y elocuente
del unicornio cuenta maravillas,
y en el ave fénix cree a pie juntillas
(no tengo bien presente
si es en el libro octavo o en el nono),
refiere el caso de un famoso mono.
Éste, pues, que era diestro
en mil habilidades y servía
a un gran titiritero, quiso un día,
mientras estaba ausente su maestro,
convidar diferentes animales
de aquellos más amigos
a que fuesen testigos
de todas sus monadas principales.
Empezó por hacer la mortecina,
después bailó en la cuerda a la arlequina,

con el salto mortal y la campana;
luego el despeñadero,
la espatarrada, vueltas de carnero,
y al fin, el ejercicio a la prusiana.
De estas y de otras gracias hizo alarde;
mas lo mejor faltaba todavía,
pues imitando lo que su amo hacía,
ofrecerles pensó, porque la tarde
completa fuese y la función amena,
de la linterna mágica una escena.
Luego que la atención del auditorio
con un preparatorio
exordio concilió, según es uso,
detrás de aquella máquina se puso;
y durante el manejo
de los vidrios pintados,

fáciles de mover a todos lados,
las diversas figuras
iba explicando con locuaz despejo.
Estaba el cuarto a oscuras,
cual se requiere en casos semejantes;
y aunque los circunstantes
observaban atentos,
ninguno ver podía los portentos
que con tanta parola y grave tono
les anunciaba el ingenioso mono.
Todos se confundían, sospechando
que aquello era burlarse de la gente.
Estaba el mono ya corrido, cuando
entró maese Pedro de repente,
e informado del lance, entre severo
y risueño, le dijo: "Majadero,
¿de qué sirve tu charla sempiterna,
si tienes apagada la linterna?"
¡Perdonadme, sutiles y altas musas!
Las que hacéis vanidad de ser confusas:
¿Os puedo yo decir con mejor modo
que sin la claridad os falta todo?

Escribir de manera confusa es lo mismo que hacer
una función de títeres sin luz, pues no se entiende nada.

La hormiga y la pulga

ienen algunos un gracioso modo
de aparentar que se lo saben todo;
pues cuando oyen o ven cualquier cosa,
por más nueva que sea y primorosa,
muy trivial y muy fácil la suponen,
y a tener que alabarla no se exponen.
Esta casta de gente
no se me ha de escapar, por vida mía,
sin que lleve su fábula corriente,
aunque gaste en hacerla todo un día.
A la Pulga la Hormiga refería
lo mucho que se afana,
y con qué industria el sustento gana,
de qué suerte fabrica el hormiguero,
cuál es la habitación, cuál el granero,
cómo el grano acarrea,
repartiendo entre todas la tarea;
con otras menudencias muy curiosas,
que pudieran pasar por fabulosas
si diarias experiencias

no las acreditasen de evidencias.
A todas sus razones
contestaba la Pulga, no diciendo
más que éstas u otras tales expresiones:
"Pues ya..., sí..., se supone..., bien..., lo entiendo...,
ya lo decía yo..., sin duda..., es claro...,
está visto: ¿tiene eso algo de raro?"
La Hormiga, que salió de sus casillas
al oír estas vanas respuestillas,
dijo a la Pulga: "Amiga, pues yo quiero
que venga usted conmigo al hormiguero.

Ya que con ese tono de maestra
todo lo facilita y da por hecho,
siquiera para muestra,
ayúdenos en algo de provecho".
La Pulga, dando un brinco muy ligera,
respondió con grandísimo desuello:
"¡Miren que friolera!
¿Y tanto piensas que me costaría?
Todo es ponerse a ello...,
pero..., tengo que hacer..., hasta otro día".

Para no alabar las obras buenas,
algunos las suponen de fácil ejecución.

La parietaria y el tomillo

o leí, no sé donde, que en la lengua
[herbolaria,
saludando al Tomillo la hierba
[Parietaria,
con socarronería le dijo de esta suerte:
"¡Dios te guarde, Tomillo!: lástima me da verte;
que aunque más oloroso que todas estas plantas,
apenas medio palmo del suelo te levantas".
Él responde: "Querida: chico soy, pero crezco
sin ayuda de nadie. Yo sí te compadezco;
pues por mas que presumas, ni medio palmo
puedes medrar si no te arrimas a una de esas
paredes".
Cuando veo yo alguno que de otros escritores
a la sombra se arriman, y piensan ser autores
con poner cuatro notas o hacer un prologuillo,
estoy por aplicarles lo que dijo el Tomillo.

Nadie pretenda ser tenido por autor, sólo con componer un
ligero prólogo o algunas notas a libro ajeno.

Los dos conejos

or entre unas matas,
seguido de perros
(no diré corría),
volaba, un Conejo.
De su madriguera,
salió un compañero,
y le dijo: –Tente,
amigo; ¿qué es esto?
–¿Qué ha de ser? –responde–;
sin alientos llego…
dos pícaros galgos
me vienen siguiendo.
–Sí –replica el otro–,
por allí los veo…
Pero no son galgos.
–¿Pues qué son? –Podencos.
–¿Qué? ¿Podencos dices?
Sí, como mi abuelo.
Galgos y muy galgos,
bien vistos los tengo.

–Son podencos: vaya,
que no entiendes de eso.
–Son galgos te digo.
–Digo que podencos.
En esta disputa,
llegando los perros,
pillan descuidados
a mis dos Conejos.
Los que por cuestiones
de poco momento
dejan lo que importa,
llévense este ejemplo.

No debemos detenernos en cuestiones frívolas,
olvidando el asunto principal.

El ruiseñor y el gorrión

iguiendo el son del organillo un día,
tomaba el Ruiseñor lección de canto
y a la jaula llegándose entretanto
el Gorrión parlero, así decía:
"¡Cuánto me maravillo
de ver que de ese modo
un pájaro tan diestro
a un discípulo tiene por maestro!
Porque al fin lo que sabe el organillo
a ti lo debe todo".

"A pesar de eso (el Ruiseñor replica),
si él aprendió de mí, yo de él aprendo.
A imitar mis caprichos él se aplica;
yo los voy corrigiendo
con arreglarme el arte que él enseña,
y así pronto verás lo que adelanta
un Ruiseñor que con escuela canta".
¿De aprender se desdeña
el literato grave?
Pues más debe estudiar el que más sabe.

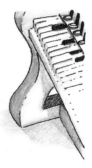

*Nadie crea saber tanto que no tenga más que
aprender.*

El topo y otros animales

iertos animalitos
todos de cuatro pies,
a la gallina ciega
jugaban una vez.
Un Perrillo, una Zorra
y un Ratón, que son tres;
una Ardilla, una Liebre
y un Mono, que son seis.
Éste a todos vendaba
los ojos, como que es
el que mejor se sabe
de las manos valer.
Oyó un Topo la bulla
y dijo: "Pues, pardiez,
que voy allá, y en rueda
que me he de meter también".
Pidió que le admitiesen;
y el Mono, muy cortés,
se lo otorgó (sin duda,
para hacer burla de él).

El Topo a cada paso
daba veinte traspiés,
porque tiene los ojos
cubiertos de una piel;
y a la primera vuelta,
como era de creer,
facilísimamente
pillan a su merced.
De ser gallina ciega
le tocaba la vez;
y ¿quién mejor podía
hacer este papel?
Pero él, con disimulo,
por el bien parecer,
dijo al Mono: "¿Qué hacemos?
Vaya, ¿me venda usted?"
Si el que es ciego, y lo sabe,
aparenta que ve
¿quien sabe que es idiota
confesará que lo es?

Nadie confiesa su ignorancia por más patente que ella sea.

El manguito, el abanico y el quitasol

Si querer entender de todo
es ridícula presunción,
servir sólo para una cosa
suele ser falta menor.
Sobre una mesa, cierto día,
dando estaba conversación
a un Abanico y a un Manguito
un Paraguas o Quitasol;
y en la lengua que en otro tiempo

con la Olla el Caldero habló,
a sus dos compañeros dijo:
"¡Oh, qué buenas alhajas sois!
Tú, Manguito, en invierno sirves;
en verano vas a un rincón.
Tú, Abanico, eres mueble inútil
cuando el frío sigue al calor.
No sabéis salir de un oficio.
Aprended de mí, pese a vos;
que en invierno soy Paraguas,
y en el verano Quitasol".

También suele ser nulidad el no saber más que una cosa.

El manguito, el abanico y el quitasol

Samaniego

El grajo vano

on las plumas de un pavo
un grajo se vistió; pomposo y bravo
en medio de los pavos se pasea.
La manada lo advierte, lo rodea,
todos lo pican, burlan y lo envían…
¿Dónde, si ni los grajos lo querían?

¡Cuánto ha que repetimos este cuento, sin que haya
en los plagiarios escarmiento!

El cuervo y la serpiente

illó el cuervo dormida a la serpiente,
y al quererse cebar en ella hambriento,
lo mordió venenosa.

Sepa el cuento quién sigue su apetito incautamente.

El león vencido por el hombre

ierto artífice pintó
una lucha en que, valiente,
un hombre tan solamente
a un terrible león venció.
Otro león que el cuadro vio
sin preguntar por su autor,
en tono despreciador
dijo: "¡Bien se deja ver
que es pintar como querer,
y no fue león el pintor"!

Hay quienes ven las cosas según su propia conveniencia.

La zorra y el busto

Dijo la zorra al busto,
después de olerlo:
"¡Tu cabeza es hermosa,
pero sin seso!"

Como éste hay muchos
que, aunque parecen hombres,
sólo son bustos.

La serpiente y la lima

En casa de un cerrajero
entró la serpiente un día,
y la insensata mordía
en una lima de acero.
Díjole la lima: "El mal,
necia, será para ti:
¿cómo has de hacer mella en mí,
que hago polvos el metal?"

Quien pretende sin razón
al más fuerte derribar,
no consigue sino dar
coces contra el aguijón.

La cigarra y la hormiga

antando la cigarra
pasó el verano entero,
sin hacer provisiones
allá para el invierno.
Los fríos la obligaron
a guardar el silencio
y acogerse al abrigo
de su estrecho aposento.
Viose desproveída
del precioso sustento,
sin moscas, sin gusanos,
sin trigo y sin centeno.
Habitaba la hormiga
allí tabique en medio,
y con mil expresiones
de atención y respeto
le dijo: "Doña Hormiga,
pues que en vuestros graneros
sobran las provisiones
para vuestro alimento,

prestad alguna cosa
con que viva este invierno
esta triste cigarra
que, alegre en otro tiempo,
nunca conoció el daño,
nunca supo temerlo.
No dudéis en prestarme,
que fielmente prometo
pagaros con ganancias
por el nombre que tengo".
La codiciosa hormiga
respondió con denuedo,
ocultando a la espalda
las llaves del granero:

Samaniego

"¡Yo prestar lo que gano
con un trabajo inmenso!
Dime, pues, holgazana:
¿Qué has hecho en el buen tiempo?"
"Yo —dijo la cigarra—
a todo pasajero
cantaba alegremente,
sin cesar ni un momento".
"¡Hola! ¿Con que cantabas
cuando yo andaba al remo?
¡Pues ahora que yo como,
baila, pese a tu cuerpo!"

Hay que ser previsivos y trabajar para tener un futuro
más cómodo.

El hombre y la culebra

 na culebra que de frío yerta
en el suelo yacía medio muerta,
un labrador cogió; más fue tan bueno,
que incautamente la abrigó en su seno.
Apenas revivió, cuando la ingrata
a su gran bienhechor traidora mata.

El benefactor de los malvados
siempre resulta perjudicado.

La zorra y la cigüeña

Una zorra se empeña
en dar una comida a la cigüeña.
La convidó con tales expresiones,
que anunciaba sin duda provisiones
de lo más excelente y exquisito.
Acepta alegre, va con apetito,
pero encontró en la mesa solamente
jigote claro sobre chata fuente.
En vano a la comida picoteaba,
pues era, para el guiso que miraba,
inútil tenedor su largo pico.
La zorra con la lengua y el hocico
limpió tan bien su fuente, que pudiera
servir de fregatriz si a Holanda fuera.
Mas de allí a poco tiempo, convidada
de la cigüeña, halla preparada
una redoma de jigote llena.
Allí fue su aflicción; allí su pena:
el hocico goloso al punto asoma
al cuello de la hidrópica redoma;

mas en vano, pues era tan estrecho
cual si por la cigüeña fuese hecho.
Envidiosa de ver que a conveniencia
chupaba la del pico a su presencia,
vuelve, tienta, discurre,
huele, se desatina, en fin, se aburre.
Marchó rabo entre piernas, tan corrida,
que ni aun tuvo siquiera la salida
de decir: ¡Están verdes!, como antaño.

¡También hay para pícaros engaño!

Las dos ranas

enían dos ranas
sus pastos vecinos,
una en un estanque,
otra en un camino.
Cierto día a ésta
aquélla le dijo:
"¿Es creíble, amiga,
de tu mucho juicio
que vivas contenta
entre los peligros
donde te amenazan
al paso preciso
los pies y las ruedas
riesgos infinitos?
Deja tal vivienda,
muda de destino:
sigue mi dictamen
y vente conmigo".
En tono de mofa,
haciendo mil mimos,

respondió a su amiga:
"¡Excelente aviso!
¡A mí novedades!
¡Vaya, qué delirio!
¡Eso sí que fuera
darme el diablo ruido!
¿Yo dejar la casa
que fue domicilio
de padres, abuelos
y todos los míos,
sin que haya memoria
de haber sucedido
la menor desgracia
desde luengos siglos?"

Allá te compongas;
mas ten entendido
que tal vez suceda
lo que no se ha visto.
Llegó una carreta
a este tiempo mismo,
y a la triste rana
tortilla la hizo.

Por hombres de seso
muchos hay tenidos
que a nuevas razones
cierran los oídos.
Recibir consejos
es un desvarío.
La rancia costumbre
suele ser su libro.

La paloma

n pozo pintado vio
una paloma sedienta:
tiróse a él tan violenta,
que contra la tabla dio.
Del golpe al suelo cayó
y allí muere de contado.

De su apetito guiado,
por no consultar al juicio,
así vuela al precipicio
el hombre desenfrenado.

212
Samaniego

El asno y las ranas

uy cargado de leña, un burro viejo,
triste armazón de huesos y pellejo,
pensativo, según lo cabizbajo,
caminaba, llevando con trabajo
su débil fuerza la pesada carga.
El paso tardo, la carrera larga,
todo al fin contra el mísero se empeña:
el camino, los años y la leña.
Entra en una laguna el desdichado:
queda profundamente empantanado.
Viéndose de aquel modo
cubierto de agua y lodo,
trocando lo sufrido en impaciente,
contra el destino dijo neciamente
expresiones ajenas de sus canas.
Mas las vecinas ranas,
al oír sus lamentos y quejidos,
las unas se tapaban los oídos,
las otras, que prudentes le escuchaban,
reprendíanle así y aconsejaban:

"¡Aprenda el mal jumento
a tener sufrimiento,
que entre las que habitamos la laguna
ha de encontrar lección muy oportuna!
Por Júpiter estamos condenadas
a vivir sin remedio encenegadas
en agua detenida, lodo espeso,
y a más de todo eso,
aquí perpetuamente nos encierra,
sin esperanza de correr la tierra,
cruzar el anchuroso mar profundo,
ni aun saber lo que pasa por el mundo.

Mas llevamos a bien nuestro destino,
y así nos premia Júpiter divino
repartiendo entre todas cada día
la salud, el sustento y la alegría".

Es de suma importancia
tener en los trabajos tolerancia,
pues la impaciencia en la contraria suerte
es un mal más amargo que la muerte.

El perro y el cocodrilo

Bebiendo un perro en el Nilo
al mismo tiempo corría.
"¡Bebe quieto"!, le decía
un taimado cocodrilo.
Díjole el perro, prudente:
"Dañoso es beber y andar;
pero ¿es sano el aguardar
a que me claves el diente?"

¡Oh qué docto perro viejo!
Yo venero su sentir
en esto de no seguir
del enemigo el consejo.

Samaniego

El cuervo y el zorro

n la rama de un árbol,
bien ufano y contento,
con un queso en el pico
estaba un señor cuervo.
Del olor atraído,
un zorro muy maestro
le dijo estas palabras
a poco más o menos:
"¡Tenga usted buenos días,
señor cuervo, mi dueño!
¡Vaya, que estáis donoso,
mono, lindo en extremo!

Yo no gasto lisonjas,
y digo lo que siento:
que si a tu bella traza
corresponde el gorjeo,
juro a la diosa Ceres,
siendo testigo el cielo,
que tú serás el fénix
de sus vastos imperios".
Al oír un discurso
tan dulce y halagüeño
de vanidad llevado,
quiso cantar el cuervo.
Abrió su negro pico,
dejó caer el queso.
El muy astuto zorro
después de haberlo preso,
le dijo: "¡Señor bobo,
pues sin otro alimento
quedáis con alabanzas
tan hinchado y repleto,
digerid las lisonjas
mientras digiero el queso!"

Quien oye aduladores, nunca espere otro premio.

Samaniego

El congreso de los ratones

esde el gran Zapirón, el blanco y rubio,
que después de las aguas del diluvio
fue padre universal de todo gato,
ha sido Miauragato
quien más sangrientamente
persiguió a la infeliz ratona gente.
Lo cierto es que, obligada
de su persecución a la desdicha
en Ratópolis tuvo su congreso.

Propuso el elocuente Roequeso
echarle un cascabel, y de esta suerte
al ruido escaparían de la muerte.
El proyecto aprobaron uno a uno.
¿Quién lo ha de ejecutar? Eso ninguno.
"Yo soy corto de vista". "Yo muy viejo".
"Yo gotoso", decían. El consejo
se acabó como muchos en el mundo.

Proponen un proyecto sin segundo.
Lo aprueban. Hacen otro. ¡Qué portento!
¿Pero la ejecución? ¡Ahí está el cuento!

Las moscas

 un panal de rica miel
dos mil moscas acudieron
que por golosas murieron
presas de patas en él.
Otra dentro de un pastel
enterró su golosina.

Así, si bien se examina,
los humanos corazones
perecen en las prisiones
del vicio que los domina.

La gata con cascabeles

alió cierta mañana
Zapaquilda al tejado
con un collar de grana,
de pelo y cascabeles adornado.
Al ver tal maravilla,
del alto corredor y la guardilla
van saltando los gatos de uno en uno.
Congrégase al instante
tal congreso gatuno
en torno de la dama rozagante,
que entre flexibles colas arboladas
apenas divisarla se podía.
Ella, con mil monadas,
el cascabel parlero sacudía;
pero, cesando al fin el sonsonete,
dijo que por juguete
quitó el collar al perro su señora
y se lo puso a ella.
Cierto que Zapaquilda estaba bella.
A todos enamora:

tanto, que la gatesca compañía
cuál dice su atrevido pensamiento
cuál se encrespa celoso,
riñen éste y aquél con ardimiento,
pues con ansia quería
cada gato soltero ser su esposo.
Ente los arañazos y maullidos
levántase Garraf, gato prudente,
y a los enfurecidos
les grita:"Noble gente:
¿gata con cascabeles por esposa?
¿Quién pretende tal cosa?

¿No veis que el cascabel la caza ahuyenta
y que la dama hambrienta
necesita, sin duda, que el marido,
ausente y aburrido,
busque la provisión en los desvanes,
mientras ella, cercada de galanes,
por que el mundo la vea,
de tejado en tejado se pasea?"
Marchóse Zapaquilda convencida
y lo mismo quedó la concurrencia.

*¡Cuántos chascos se llevan en la vida
los que no miran más que la apariencia!*

La lechera

Llevaba en la cabeza
una lechera el cántaro al mercado
con aquella presteza,
aquel aire sencillo, aquel agrado
que va diciendo a todo el que lo advierte:
¡Yo sí que estoy contenta con mi suerte!
Porque no apetecía
más compañía que su pensamiento,
que alegre le ofrecía
inocentes ideas de contento,
marchaba sola la feliz lechera,
y decía entre sí de esta manera:
"Esta leche, vendida,
en limpio me dará tanto dinero:
y con esta partida,
un canasto de huevos comprar quiero
para sacar cien pollos, que al estío
me rodeen cantando el pío–pío.
Del importe logrado
de tanto pollo, mercaré un cochino:

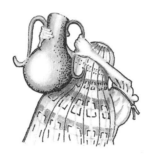

con bellota, salvado,
berza y castaña, engordará sin tino;
tanto, que puede ser que yo consiga
el ver cómo le arrastra la barriga.
Llevarélo al mercado,
sacaré de él, sin duda, buen dinero;
compraré de contado
una robusta vaca y un ternero
que salte y corra toda la campaña,
desde el monte cercano a la cabaña".
Con este pensamiento
enajenada, brinca de manera
que a su salto violento
el cántaro cayó. ¡Pobre lechera!

Samaniego

¡Qué compasión! ¡Adiós leche, dinero,
huevos, pollos, lechón, vaca y ternero!
¡Oh loca fantasía!
¡Qué palacios fabricas en el viento!
Modera tu alegría,
no sea que saltando de contento
al contemplar dichosa tu mudanza,
quiebre tu cantarilla la esperanza.
No seas ambiciosa
de mejor o más próspera fortuna,
que vivirás, ansiosa
sin que pueda saciarte cosa alguna.

No anheles impaciente el fin futuro;
mira que ni el presente está seguro.

El ratón de la corte y el del campo

n Ratón cortesano
convidó con un modo muy urbano
a un Ratón campesino.
Diole gordo tocino,
queso fresco de Holanda,
y una despensa llena de vianda.
Era su alojamiento,
pues no pudiera haber un aposento
tan magníficamente preparado,
aunque fuese en Ratópolis buscado
con el mayor esmero,
para alojar a Roepán Primero.
Sus sentidos allí se recreaban;
las paredes y techos adornaban
entre mil ratonescas golosinas,
salchichones, perniles y cecinas,
saltaban de placer, ¡oh, qué embeleso!,
de pernil en pernil, de queso en queso.
En esta situación tan lisonjera
llega la despensera.

Oyen el ruido, corren, se agazapan,
pierden el tino, mas al fin se escapan
atropelladamente
por cierto pasadizo abierto a diente.
"¡Esto tenemos, dijo el campesino;
reniego yo del queso, del tocino
y de quien busca gustos
entre los sobresaltos y los sustos".

*Volvióse a su campiña en el instante,
y estimó mucho más de allí adelante,
sin zozobra, temor ni pesadumbres,
su casita de tierra y sus legumbres.*

El elefante, el toro, el asno y los demás animales

 os mansos y los fieros animales,
a que se remediasen ciertos males
desde los bosques llegan.
Y en la rasa campaña se congregan.
Desde la más pelada y alta roca
un asno trompetero los convoca.
El concurso, ya junto,
instruido también en el asunto
(pues a todos por Júpiter previno
con cédula *ante diem* el pollino),
imponiendo silencio el elefante,
así dijo: "Señores: es constante
en todo el vasto mundo
que yo soy en lo fuerte sin segundo.
Los árboles arranco con la mano,
venzo al león, y es llano
que un golpe de mi cuerpo en la muralla
abre sin duda brecha. A la batalla

llevo todo un castillo guarnecido:
en la paz y en la guerra soy tenido
por un bruto invencible,
no sólo por mi fuerza irresistible,
por mi gordo coleto y grave masa
que hace temblar la tierra donde pasa.
Mas, señores, con todo lo que cuento,
sólo de vegetales me alimento;
y como a nadie daño, soy querido,
mucho más respetado que temido.
Aprended, pues, de mí, crueles fieras,
las que hacéis profesión de carniceras,
y no hagáis, por comer, atroces muertes,
puesto que no seréis ni menos fuertes
ni menos respetadas,
sino muy estimadas
de grandes y pequeños animales
viviendo, como yo, de vegetales".
"¡Gran pensamiento, dicen, gran discurso!"
Ya nadie se le opone del concurso.
Habló después un toro del Jarama:
escarba el polvo, cabecea, brama.
"¡Vengan, dice, los lobos y los osos,
si son tan poderosos,
y en el circo verán con qué donaire
les haré que volteen por el aire!

231
El elefante, el toro, el asno y los demás animales

¡Qué! ¿Son menos gallardos y valientes
mis cuernos que sus garras y sus dientes?
Pues, ¿por qué los villanos carniceros
han de comer mis vacas y terneros?
Y si no se contentan
con las hojas y hierbas que alimentan
en los bosques y prados
a los más generosos y esforzados,
que muerdan de mis cuernos al instante,
o si no, de la trompa al elefante".
La asamblea aprobó cuanto decía
el toro con razón y valentía.
Seguíase a los dos en el asiento,
por falta de buen orden, el jumento,

y con rubor expuso sus razones:
"Los milanos, prorrumpe, y los halcones
(no ofendo a los presentes ni quisiera),
sin esperar tampoco a que me muera,
hallan para sus uñas y su pico
estuche entre los lomos del borrico.
Ellos querrán ahora, como bobos,
comer la hierba a los señores lobos.
Nada menos: aprendan los malditos
de las chochaperdices o chorlitos,
que, sin hacer a los jumentos guerra,
envainan sus picotes en la tierra,
y viva todo el mundo santamente
sin picar ni morder en lo viviente".
"¡Necedad, disparate, impertinencia!",
gritaba aquí y allá la concurrencia.
"¡Haya silencio, claman, haya modo!"
Alborótase todo;
crece la confusión, la grita crece,
por más que el elefante se enfurece.
Se deshizo en desorden la asamblea.
¡Adiós gran pensamiento, adiós idea!
Señores animales, yo pregunto:
¿Habló el asno tan mal en el asunto?
¿Discurrieron tal vez con más acierto
el elefante y el toro? No por cierto.

Pues ¿por qué solamente al buen pollino
le gritan: ¡Disparate, desatino?

Porque nadie en razones se paraba,
sino en la calidad de quien hablaba.
Pues, amigo elefante, no te asombres:
por la misma razón, entre los hombres
se desprecia una idea ventajosa.
¡Qué preocupación tan peligrosa!

El águila, la gata y la jabalina

n Águila anidó sobre una encina,
al pie criaba cierta Jabalina,
y era un hueco del tronco corpulento,
de una gata y sus crías aposento.
Esta gran marrullera
sube al nido del Águila altanera,
y con fingidas lágrimas le dice:
"¡Ay mísera de mí! ¡ay infelice!
Éste sí que es trabajo;
la vecina que habita el cuarto bajo,
como tú misma ves, el día pasa
hozando los cimientos de la casa.
La arruinará; y en viendo la traidora
por tierra a nuestros hijos, los devora".
Después que dejó al Águila asustada,
a la cueva se baja de callada,
y dice a la cerdosa: "Buena amiga,
has de saber que el Águila enemiga,
cuando saques tus crías hacia el monte,

las ha de devorar; así disponte".
La Gata, aparentando que temía,
se retiró a su cuarto, y no salía
sino de noche, que con maña astuta
abastecía su pequeña gruta.
La Jabalina, con tan triste nueva,
no salió de su cueva.
El Águila, en el ramaje temerosa
haciendo centinela, no reposa.
En fin, a ambas familias el hambre mata,
y de ellas hizo víveres la Gata.

Jóvenes, ojo alerta, gran cuidado;
que un chismoso en amigo disfrazado
con capa de amistad cubre sus trazas,
y así causan el mal sus añagazas.

El zagal y las ovejas

 pacentando un Joven su ganado,
grito desde la cima de un collado:
"¡Favor!, que viene el lobo, labradores".
Éstos, abandonando sus labores,
acuden prontamente,
y hallan que es una chanza solamente.
Vuelve a clamar, y temen la desgracia;
segunda vez los burla. ¡Linda gracia!
Pero ¿qué sucedió la vez tercera?
Que vino en realidad la hambrienta fiera;

entonces el Zagal se desgañita,
y por más que patea, llora y grita
no se mueve la gente escarmentada,
y el lobo le devora la manada.

¡Cuántas veces resulta de un engaño,
contra el engañador el mayor daño!

El asno y el caballo

h!, ¡quién fuese Caballo!,
un Asno melancólico decía;
entonces sí que nadie me vería
flaco, triste y fatal como me hallo.
Tal vez un caballero
me mantendría ocioso y bien comido,
dándose su merced por muy servido
con corvetas y saltos de carnero.
Trátame ahora como vil y bajo;
de risa sirve mi contraria suerte;
quien me apalea más, más se divierte,
y menos como, cuando más trabajo.
No es posible encontrar sobre la tierra
infeliz como yo".
Tal se juzgaba,
cuando al Caballo ve cómo pasaba,
con su jinete y armas, a la guerra.
Entonces conoció su desatino,
rióse de corvetas y regalos
y dijo:

"Que trabaje y lluevan palos;
no me saquen los dioses de Pollino".

*Se equivocan quienes creen siempre
que es mejor la suerte de los otros.*

Las cabras y los chivos

esde antaño en el mundo
reina el vano deseo
de parecer iguales
a los grandes señores los plebeyos.
Las cabras alcanzaron
que Júpiter excelso
les diese barba larga
para su autoridad y su respeto.
Indignados los Chivos
de que su privilegio
se extendiese a las cabras,
lampiñas con razón en aquel tiempo,
sucedió la discordia
y los amargos celos
a la paz octaviana
con que fue gobernado el barbón pueblo.
Júpiter dijo entonces,
acudiendo al remedio:
"¡Qué importa que las cabras
disfruten un adorno propio vuestro,

si es mayor ignominia de su vano deseo,
siempre que no igualaren
en fuerzas y valor a vuestro cuerpo?"

El mérito aparente
es digno de desprecio;
la virtud solamente
es del hombre el ornato verdadero.

El lobo y la oveja

Cruzando montes y trepando cerros,
aquí mato, allí robo,
andaba cierto Lobo,
hasta que dio en las manos de los perros.
Mordido y arrastrado
fue de sus enemigos cruelmente;
quedó con vida milagrosamente,
mas inválido, al fin, y derrotado
iba el tiempo curando su dolencia;
el hambre al mismo tiempo la afligía;
pero, como cazar aún no podía,
con las yerbas hacía penitencia.
Una oveja pasaba, y él le dice:
"Amiga, ven acá, llega al momento;
enfermo estoy y muero de sediento:
socorre con el agua a este infelice".
"¿Agua quieres que yo vaya a llevarte?
Le responde la Oveja recelosa;
dime, pues, una cosa:
¿sin duda que será para enjuagarte,

limpiar bien el garguero,
abrir el apetito
y tragarme después como a un pollito?
Anda, que te conozco, marrullero".
Así dijo, y se fue; si no, la mata.

¡Cuánto importa saber con quién se trata!

La mona corrida

ieras, aves y peces
corren, vuelan y nadan,
porque Júpiter sumo
a general congreso a todos llama.
Con sus hijos se acercan,
y es que un premio señala
para aquel cuya prole
en hermosura lleve la ventaja.
El alto regio trono
la multitud cercaba,
cuando en la concurrencia
se sentía decir: "La Mona falta".
"Ya llega", dijo entonces
una habladora urraca,
que, como centinela,
en la alta punta de un ciprés estaba.
Entra rompiendo filas,
con su cachorro ufana
y ante el excelso trono
el premio pide de hermosura tanta.

El dios Júpiter quiso,
al ver tan fea traza,
disimular la risa,
pero se le soltó la carcajada.
Armóse en el concurso
tal bulla y algazara,
que corrida la Mona,
a Tetuán se volvió desengañada.
¿Es creíble, señores
que yo mismo pensara
en consagrar a Apolo
mis versos, como dignos de su gracia?

Cuando, por mi fortuna,
me encontré esta mañana,
continuando mi obrilla,
este cuento moral, esta patraña,
yo dije a mi capote:
¡Con qué chiste, qué gracia
y qué vivos colores
el jorobado de Esopo me retrata!

Mas ya mis producciones
miro con desconfianza,
porque aprendo en la mona
cuánto el ciego amor propio nos engaña.

El cazador y la perdiz

na Perdiz en celo reclamada
vino a ser en la red aprisionada.
Al Cazador la mísera decía:
"Si me das libertad, en este día
te he de proporcionar un gran consuelo.
¡Por ese campo extenderé mi vuelo;
juntaré a mis amigas en bandadas,
que guiaré a tus redes, engañadas,
y tendrás, sin costarte dos ochavos,
doce perdices como doce pavos".

Samaniego

"¡Engañar y vender a tus amigas!
¿Y así crees que me obligas?
–respondió el Cazador–. Pues no, señora:
muere y paga la pena de traidora".

La Perdiz fue bien muerta, no es dudable.
La traición, aun soñada, es detestable.

La cierva y la viña

uyendo de enemigos cazadores
una Cierva ligera,
siente ya fatigada en la carrera
más cercanos los perros y ojeadores.
No viendo la infeliz algún seguro
y vecino paraje
de grupa o de ramaje,
crece su timidez, crece su apuro.
Al fin, sacando fuerzas de flaqueza,
continúa la fuga presurosa:

Halla al paso una Viña muy frondosa,
y en lo espeso se oculta con presteza.
Cambia el susto y pesar en alegría,
viéndose a paz y a salvo en tan buena hora.
Olvida el bien, y de su defensora
los frescos verdes pámpanos comía.
Mas ¡ay!, que de esta suerte,
quitando ella las hojas de delante,
abrió puerta a la flecha penetrante,
y el listo Cazador le dio la muerte.

Castigó con la pena merecida
el justo cielo a la cierva ingrata.
Más ¿qué puede esperar el que maltrata
al mismo que le está dando la vida?

El león y el ratón

staba un ratoncillo aprisionado
en las garras de un León; el desdichado
en tal ratonera no fue preso
por ladrón de tocino ni de queso,
sino porque con otros molestaba
al León, que en su retiro descansaba.
Pide perdón, llorando su insolencia;
al oír implorar la real clemencia,
responde el rey en majestuoso tono:
No dijera más Tito: "Te perdono".

Poco después cazando el León tropieza
en una red oculta en la maleza;
quiere salir, mas queda prisionero;
atronando la selva ruge fiero.
El libre ratoncillo, que lo siente,
corriendo llega: roe diligente
los nudos de la red de tal manera,
que al fin rompió los grillos de la fiera.

Conviene al poderoso
para los infelices ser piadoso;
tal vez se pueda ver necesitado
del auxilio de aquel más desdichado.

El labrador y la Providencia

Un labrador cansado,
en el ardiente estío,
debajo de una encina
reposaba pacífico y tranquilo.
Desde su dulce estancia
miraba agradecido
el bien con que la tierra
premiaba sus penosos ejercicios.
Entre mil producciones,
hijas de su cultivo,
veía calabazas,
melones por los suelos esparcidos.
"¿Por qué la Providencia,
decía entre sí mismo,
puso a la ruin bellota
en elevado preeminente sitio?
¿Cuánto mejor sería
que, trocando el destino,
pendiesen de las ramas
calabazas, melones y pepinos?"

Samaniego

Bien oportunamente,
al tiempo que esto dijo,
cayendo una bellota,
le pegó en las narices de improviso.
"Pardiez, prorrumpió entonces
el labrador sencillo,
si lo que fue bellota,
algún gordo melón hubiera sido,
desde luego pudiera
tomar a buen partido
en caso semejante
quedar desnarigado, pero vivo".

Aquí la Providencia
manifestarle quiso
que supo a cada cosa
señalar sabiamente su destino.
A mayor bien del hombre
todo está repartido;
preso el pez en su concha,
y libre por el aire el pajarillo.

El asno y el lobo

Un burro cojo vio que le seguía
un Lobo cazador, y no pudiendo
huir de su enemigo, le decía:
"Amigo Lobo, yo me estoy muriendo;
me acaban por instantes los dolores
de este maldito pie de que cojeo;
si yo no me valiese de herradores,
no me vería así como me veo.
Y pues fallezco, sé caritativo;
sácame con los dientes este clavo,
muera yo sin dolor tan excesivo,
y cómeme después de cabo a rabo".
"¡Oh!, dijo el cazador con ironía,
contando con la presa ya en la mano,
no solamente sé la anatomía,
sino que soy perfecto cirujano.
El caso es para mí una patarata,
la operación no más que de un momento;
alargue bien la pata,
y no se me acobarde, buen jumento".

Con su estuche morral desenvainado
el nuevo profesor llega al doliente;
mas éste le dispara de contado
una coz que le deja sin diente.
Escapa el cojo; pero el triste herido
llorando se quedó su desventura.
"!¿Ay infeliz de mí!, bien merecido
el pago tengo de mi gran locura.
Yo siempre me llevé el mejor bocado
en mi oficio de Lobo carnicero;
pues si puedo vivir tan regalado,
¿a qué meterme ahora a curandero?"

Hay quienes ven la cosas según
su propia conveniencia.

El camello y la pulga

E l que ostenta valimiento
cuando su poder es tal
que ni influye en bien ni en mal,
le quiero contar un cuento.
En una larga jornada,
un camello muy cargado
exclamó, ya fatigado:
"¡Oh qué carga tan pesada!"
Doña Pulga, que montada
iba sobre él, al instante
se apea y dice arrogante:
"¡Del peso te libro yo!"
El camello respondió:
"¡Gracias, señor elefante!"

No hay que darse más importancia de la que
realmente se tiene.

258
Samaniego